맹순 씨네
아파트에 온
새

맹순 씨네
아파트에 온
새

박임자 글
정맹순 그림

피스북스

차례

아파트에 이렇게 많은 새가 산다고?

　2020년은 우리 모두에게 아주 특별한 해였다. 코로나19라는 신종 바이러스의 무차별 공격에 전 세계가 공포에 휩싸였다. 아이들은 학교에 가지 못했고 식당과 상점도 문을 닫았으며 직장인도 회사가 아닌 집에서 일해야 했다. 친구들과의 모임은 물론이고 가족들이 한자리에 모이는 것조차 꺼려졌다. 우리는 코로나 바이러스에 감염되지 않으려고 되도록 사람들을 멀리한 채 집 안에 갇혀 지냈다.

　심리치료사로 일하던 나도 직격탄을 맞았다. 당분간 대면 상담을 진행하지 않겠다는 기관 방침에 따라 비자발적 휴직 상태가 되었다. 그래도 처음엔 쉴 수 있어서 좋았다. 언제나 바쁜 일정으로 정신없이 살던 나에게 통으로 주어진 휴식 시간이었으니까. 하지만 집에만 머무는 시간이 길어지면서 답답해지기 시작했다. 팔순이 다 된 엄마와 온종일 집에만 있는 것도 만만치 않은 일이었다.

오 남매의 넷째 딸로 자란 나는 일찌감치 독립해서 오랫동안 혼자 살았다. 맹순 씨와 함께 살기 시작한 것은 내 나이 마흔다섯일 때다. 엄마와의 뒤늦은 합가를 결심하게 된 건, 남편이 먼저 떠난 뒤 홀로 살면서 말수도 줄어들고 생기를 잃어 가는 맹순 씨의 눈빛을 본 후였다. 같은 아파트에 살고 있는 둘째 언니의 부탁도 맹순 씨와 함께 살아가는 삶을 결정하는 데 영향을 미쳤다. 특히 심장 수술 후 급격히 나빠진 맹순 씨의 건강이 염려되었다. 심정지로 죽음의 문턱까지 갔던 엄마를 보면서 함께 살아갈 시간이 얼마 안 될 수도 있겠구나 싶었다. 그렇게 70대 중반의 엄마와 40대 중반의 딸이 한 집에서 같이 살게 되었지만 그때는 공통의 관심사도 없었기에 그저 서로를 애틋해하고 보살피는 모녀일 뿐이었다.

그러다 뜻하지 않게 코로나19가 덮치면서 맹순 씨와 나는 답답한 아파트 단지에 갇혀 버리고 만 것이다. 하지만 아이러니하게도 코로나19라는 불청객 덕분에 우리는 아주 반갑고 귀한 손님들을 맞이할 수 있었다. 탐조하러 멀리 갈 수 없던 나는 아파트 단지에 있는 정원에서 탐조하며 맹순 씨에게 새 이야기를 들려주었다. 맹순 씨는 내 이야기를 들으면서 새에 관심을 두기 시

작했다.

우리는 맛있게 나무 열매를 따 먹는 직박구리를 발견했고 그 옆에서 박새가 벌레 먹는 걸 쌍안경으로 관찰할 수 있었다. 풀밭을 어슬렁거리며 먹이를 찾는 멧비둘기와 나뭇가지를 구해서 둥지를 짓는 까치를 보았다. 평범하고 흔한 텃새들을 이토록 자세히 관찰한 건 그때가 처음이었다. 그동안 나는 탐조란 귀한 새를 찾아 먼 곳까지 일부러 가서 하는 것이라고만 생각했었다.

"아이구! 이쁘다. 진짜. 깃털 하나하나도 다 이쁘다."

내가 탐조를 떠날 때마다 왜 굳이 멀리까지 가서 새를 보는지 도통 이해하지 못한 맹순 씨도 이제는 새만 보면 탄성을 터뜨린다. 새에 대해 나보다 더 진심인 것 같다. 그렇게 맹순 씨와 나 사이에 '새'라는 공통의 관심사가 생겼다.

우리가 사는 아파트 17층 베란다 창밖에 내놓은 물 한 그릇과 들깨 한 줌, 사과 한 알 덕분에 새들이 집으로 찾아왔다. 맹순 씨는 그 새들과 더할 나위 없이 다정한 친구가 되었다. 아침마다 정성껏 새들을 위해 식탁을 차렸고, 새들을 내 식구처럼 돌보면서부터 맹순 씨의 하루하루가 달라졌다. 말도 많아지고 웃음도 많아지고, 더욱 활기에 찼다. 심장 수술 후 우울과 무기력으로 힘겹기만 했던 엄마의 노년이 새들을 만나면서 힘차게 날게 된 것이다.

맹순 씨는 아파트를 산책하며 만난 새들, 집으로 찾아오는 새들, 2층에 사는 둘째 언니네 베란다에 온 새들을 한 마리씩 그리기 시작했다. 그렇게 2020년 한 해 동안 아파트 정원에서 만난 47종의 새를 그려서 우리나라 최초로 '아파트 새 지도'를 만들었다.

팔순 맹순 씨의 아파트 새 지도

우리는 아파트에 있는 다섯 정원에 이름을 붙였다. 둘레에 메타세쿼이아가 심어져서 항상 그늘져 있는 '음지의 숲', 관목이 심어진 공원과 연결되었고 아침 햇살이 잘 비치는 '아침의 숲', 주로 소나무가 심어졌는데 사람의 출입을 막아 놓은 '비밀의 숲', 바로 옆에 도서관 정원이 있어서 새들이 좋아하는 공간이며 오후에 햇살이 잘 비쳐 따뜻한 '봄의 숲', 새들이 번식을 하고 새끼를 기르는 '번식의 숲'이다.

큰유리새가 딱새에게 쫓겨 갔던 음지의 숲, 방울새가 새끼를 키우는 '육추'를 한 번식의 숲, 언젠가 나그네새가 우르르 내려앉았던 봄의 숲 등 숲마다 탐조에 얽힌 우리의 추억이 가득하다.

맹순 씨가 그린 새 그림을 모아 전시회도 열었다. 맹순 씨의 새 사랑 이야기는 2023년 5월 5일 KBS 프로그램 〈자연의 철학자들〉에 '울 엄마 맹순 씨의 새들처럼'이란 제목으로 전국에 방영되었다.

우리 가족의 삶을 바꾼 아파트 탐조의 이야기를 들으면 분명 이렇게 놀라워할 것이다.

"아니, 아파트에 이렇게 많은 새가 산다고?"

지금부터 아파트 탐조를 하면서 만난 새들 덕분에 달라진 우리의 삶을 이야기하려고 한다. 새들의 구슬프기

도 하고 감미로운 노래처럼 들어주었으면 좋겠다.

답답했던 코로나19의 긴 터널을 지나올 수 있게 해준, 아파트에서 만난 새들에게 고마운 마음이 전해지기를 바란다.

오목눈이

음력으로는 12월 11일 내일이면
둘째딸 생일이어서 올해는 내가 몸도 좋아졌고
딸이 엄마 아팠을 때 너무고생을 해서 미역국
끓이고 잡채 하고 해서 우리 집에서 사위와 둘자
같이 저녁을 먹으면서 맹눈씨 헛밭으로 막내
딸이 영화를 만들어 우수 상까리 타고 KAS
방송에서 티비로 보여주고 해서 모두들 보고 대단
하다고들 고회 감더니 모두들 야단들 이엄어요
정말 기분 좋았어요 출연 모는 얼마나 나올지 궁금퀘요

음력으로는 12월 11일. 내일이면 둘째 딸 생일이어서
올해는 내가 몸도 좋아졌고 딸이 엄마 아팠을 때 너
무 고생을 해서 미역국 끓이고 잡채 하고 해서 우리
집에서 사위와 손자가 같이 저녁을 먹었어요.

<맹순씨 텃밭>으로 막내딸이 영화를 만들어 우수상
까지 타고 KBS 방송에서 TV로 보여 주고 해서 모두
들 보고 대단하다고들, 교회 갔더니 모두들 야단이었
어요. 정말 기분 좋았어요. 출연료는 얼마나 나올지
궁금해요.

코드블루! 아파트로 모인 식구들

"엄마 일어나! 정신 차려. 가지 마. 제발 돌아와!"

코드블루였다. 의사들이 뛰어와서 심폐소생술을 했다. 엄마는 심장 수술 후 회복이 순조롭다며 사흘 만에 일반 병실로 갔는데, 병실을 옮긴 지 한 시간도 채 지나지 않아 엄마의 심장이 멈춰 버렸다.

간호사가 보호자는 병실 밖에 나가 있으라고 했다. 그 고된 수술을 견디고 이제 집으로 돌아가기만 하면 되는데, 눈앞의 현실이 믿어지지 않았다. 하지만 내가 할 수 있는 건 아무것도 없었다. 그저 목이 터지게 '엄마'를 부르짖었을 뿐. 그런데 기적처럼 엄마의 심장이 다시 뛰기 시작했다.

의사는 심장이 멎었던 15분간 엄마의 뇌에 무슨 일이 일어났을지 장담할 수 없다고 했다. 다시 중환자실로 옮겨진 엄마는 며칠 내내 잠만 잤다. 그 초조한 기다림의 시간. 의식이 돌아온 후에도 엄마는 섬망에 시달리며 가족을 알아보지 못했다. 하루 두 번, 짧은 면회 시간에 맞춰 아침저녁으로 병원을 오고 가던 날들. 언니와 가족이 곁에 없었더라면 홀로 이 시간을 못 버텼을 것 같다. 우리에게 과연 일상이 다시 돌아올지 막막하기만 했던 시간들. 2018년 1월의 일이었다.

　엄마는 일반 병실로 돌아왔지만 회복은 더뎠다. 병원에서 더는 할 수 있는 게 없다며 의사가 퇴원을 권했다. 수술 후 한 달 반 만에 엄마는 나와 함께 집으로 돌아왔다.
　몇 해 전, 아버지가 돌아가시고 언니는 홀로 남은 엄마를 언니가 사는 아파트로 이사 오게 했다. 한 집에선 못 살아도 가까이에 계시면 위급할 때 빠르게 대처할 수 있다면서 말이다. 언니는 나에게도 근처로 이사할 것을 권했다. 처음엔 그 제안을 진지하게 생각해 보지 않는데 운명의 장난처럼 얄궂게도 서울에 살던 집에 사정이 생겨 이사를 가야만 했다. 그렇게 우리 가족은 한 아파트 단지로 모였고, 마흔다섯까지 혼자 살았던 난 엄마와 한 집에서 살게 되었다.
　엄마는 퇴원한 후로 혼자서 걷기도 밥 먹기도 힘들어했다.

약해진 체력에 삶의 의욕마저 잃은 것처럼 보였다. 그런 엄마를 매일 마주하며 '심장 수술을 하기로 결정한 게 옳았을까?' 후회되었다. 엄마의 죽음을 목도한 충격으로 내상을 입었던 나는 아픈 엄마를 이해하면서도 같이 지쳐 갔다. 그런 어느 날 엄마가 물었다.

"텃밭은 어떻게 됐냐?"

"몸도 이런데 텃밭을 어떻게 해!"

한평생 농사일을 한 엄마는 땅을 놀리면 벌 받는다며 병실에 있을 때도 자기 몸보다 밭을 더 돌보고 싶어 했다. 혼자 화장실에 가기도 어려워하면서 아파트 근처에 있는 텃밭에 가겠다는 엄마가 답답하면서 애잔했다.

결국 난 엄마를 모시고 텃밭에 갔다. 하지만 손보지 못한 텃밭을 정리하고 두둑을 만드는 건 내 몫이었다. 평생 자기 손으로 땅을 일군 엄마는 생전 밭일이라곤 해 본 적 없는 일꾼이 답답할 뿐이었다.

"아이고, 흙을 더 높이 쌓아야지."

난 안 하던 밭일을 하려니 허리와 다리가 안 아픈 곳이 없었다. 하지만 그날 이후 엄마는 보행기에 의지해 혼자서 아파트 단지를 걸을 용기를 내기 시작했다. 그러면서 집 안에 가만히 앉아 있는 시간이 조금씩 줄었다. 텃밭이 초록빛으로 무성해지는 동안 엄마는 보행기 없이 텃밭까지 갈 만큼 몸이 많이 회복되었다.

지난 병원에서의 시간이 희미해지고 이제 일상으로 돌아왔다고 느끼던 어느 날, 엄마가 거실 소파에 우두커니 앉아 이렇게 말했다.

"늙은 사람들은 다 어떻게 지내는지 모르겠어. 노상 이렇게 시간만 보내다 죽는 건가 싶네."

그 말을 듣는 순간 가슴이 철렁했다. 아무것도 하지 않는 노인의 삶에 드리워진 죽음에 대한 두려움이 고스란히 전해졌다.

'엄마를 이대로 둬선 안 되겠네.'

엄마와 뭐라도 해야겠다고 결심한 난 때마침 다큐멘터리 제작 수업을 듣고 있어서 엄마의 삶을 기록하기로 결심했다. 핸드폰을 들고 텃밭에 나가는 엄마의 일상을 촬영하는데 처음에 엄마는 뭐 하냐며 카메라를 치우라고 성화였다. 그런 엄마가 어느새 렌즈 속 주인공이 되어 딸과 이야기하는 일상에 익숙해졌다. 엄마는 텃밭을 가꾸며 농사 일기도 꾸준히 썼고 밭 두둑에 앉아 쑥쑥 자라는 열무와 예쁘게 핀 무꽃을 정성스럽게 그림으로 그렸다.

그렇게 엄마를 찍은 다큐멘터리를 편집해 제출할 무렵, 엄마가 말했다.

"여자들 이름은 어디 써먹을 데가 없다고 막 지었어. 명순이라고 지었음 좋잖아. 그런데 호랑이 맹 자에 맹순이. ㄴ 하나만 없어도 맹수여. 그러니 웃기지."

그제야 엄마의 이름이 시집을 온 순간 사라졌다는 것을 깨달았다. 난 엄마를 찍은 다큐멘터리 제목을 〈엄마의 텃밭〉에서 〈맹순씨 텃밭〉으로 바꿨다. 그날 이후부터 엄마를 맹순 씨라고 부르기 시작했다. 그렇게 맹순 씨와 나 임자 씨의 진짜 동거가 시작되었다.

텃밭 일기를 쓰는 맹순 씨

18

오색딱다구리

빨간 모자를 쓴 딱따구리야라는
책을 보고 그린 오색딱다구리입니다
딸이랑 친한 이지현 화가가 그림을
그린 그림책입니다 새는 그려보니
그리기가 너무 힘들어서 그림을 보고 따라
그렸습니다 화가들은 어떻게 이렇게
잘 그릴까요?

《빨간 모자를 쓴 딱따구리야》라는 책을 보고 그린 오
색딱따구리입니다. 딸이랑 친한 이지현 화가가 그림
을 그린 그림책입니다. 새는 그려 보니 그리기가 너
무 힘들어서 그림을 보고 따라 그렸습니다. 화가들은
어떻게 이렇게 잘 그릴까요?

그림 한번 그려 볼래?

지금은 맹순 씨가 책상에 앉아 그림을 그리는 모습이 자연스럽지만, 처음 맹순 씨에게 그림을 권한 날. 마치 내가 사약이라도 권한 것처럼 펄쩍 뛰며 손사래 치던 맹순 씨 모습이 생생하다.

"미쳤나! 평생 그림이란 걸 그려 본 적도 없는 내가 무슨 그림을 그린다고. 말이 되는 소리를 해라."

맹순 씨는 다시 생각해도 기가 막혔는지 화까지 냈다. 하지만 나는 여기서 물러서지 않았다.

며칠 후 난 맹순 씨에게 수제 노트 한 권을 내밀었다. 내가 종일 쪼그리고 앉아 만드는 걸 지켜본 터라 맹순 씨는 고생해서 만든 귀한 걸 자길 주냐며 감동했다. 이때다 싶어 맹순 씨에게 얼른 볼펜과 숟가락을 내밀었다.

보통 그림을 그릴 때 연필로 그리지만 자신감 없는 맹순 씨가 연필로 그리면, 지웠다 말았다 하느라 그림을 완성도 못하고 포기할 게 눈에 선했다. 그래서 난 맹순 씨가 밥이 됐든 죽이 됐든 그림을 끝까지 그리도록 볼펜을 권했다. 마치 원래 그림은 볼펜으로 그리는 것처럼 말이다.

"볼펜으로 이거 한번 그려 봐."

"그걸 내가 어떻게 그린다고 너는 또 그 소리냐."

"못 그릴 게 뭐 있어. 눈에 보이는 대로 그리면 되지."

"국민학교만 나온 내가 그걸 어떻게 그리냐니까."

"에이. 그러지 말고 그냥 한번 그려 봐."

맹순 씨는 밥상에 노트를 올려놓고 볼펜을 잡았다. 수술 후 손이 덜덜 떨리는 후유증으로 선이 제대로 그려지지 않았다. 그래도 숟가락 비슷하게 그림을 그렸다.

"와! 역시! 하니까 되네!"

난 일부러 격앙된 목소리로 감탄사를 연발하며 얼른 열두 색깔 색연필을 내밀었다.

"색깔을 내가 어떻게 고르냐. 아는 니가 좀 골라 봐라."

"숟가락이랑 비슷한 색을 골라서 똑같이 칠하면 돼."

"지가 골라 주면 좋을 것을 도와주지도 않고!"

맹순 씨는 말은 이렇게 하면서도 색을 고르느라 손가락은 색연필 위를 왔다 갔다 했다. 그런 맹순 씨를 보자니 웃음이 났다. 내가 자랄 때도 맹순 씨는 이런 기쁨을 느꼈을까?

"엄마 나 어렸을 때 어땠어?"

"고집불통에 얼마나 까탈스러운지 너는 딱 부잣집에서 태어나 곱게 자랐어야 했어."

"내가 놀이 치료를 해 보니까 알겠더라. 난 무척 민감한 아이였는데 엄마는 시집살이에 농사일에 자식 돌볼 틈이 없었잖아. 그러니까 뭔가가 맞지 않음 난 자지러지게 울었을 거야. 그렇지?"

"그때는 입에 풀칠하기도 힘들 때라 새끼들 돌볼 틈이 어디 있었겠냐. 하루는 막내가 비 오는 날 친구들이 장화를 신고 가는데 자기도 신고 싶었다고. 어린 마음에 신고는 싶은데 사달라고 하면 빤한 살림에 혼날 것 같으니 사달라고 땡깡도 못 쓰고 얼마나 맴이 그랬을까? 참말로 마음이 짠하더랑게."

맹순 씨와 옛이야기를 하다 보니 어느새 숟가락 하나가 그려져 있었다. 깎아 만든 나무의 색감이 그대로 드러나서 깜짝 놀랐다. 꾸민 말이 아니라 진짜로 맹순 씨가 대단하게 느껴졌다.

맹순 씨도 처음으로 그린 그림이 마음에 드는지 "어쨌거나 숟가락 같지 않냐?" 하고 물었다.

"응! 그럼 대단하지. 이렇게 하면 되는데 뭘 그렇게 못한다고 엄살은."

난 맹순 씨를 한껏 칭찬해 주었다.

맹순 씨는 숟가락을 그린 노트 아래 일기도 썼다. 글씨가 많이 흔들렸지만 그래도 맹순 씨의 속마음을 엿볼 수 있었다.

맹순 씨의 첫 번째 그림

새해 복 많이 받을 복 숟가락

이 나이에 왜 그림을 그리라고 하는지. 그려 보니 재미있네요.

예쁘지는 않지만 그려 보니 좋구만. 이것도 딸 덕분이요.

숟가락 보니 생각나는 것.

밥을 맛있게 먹어야겠다. 밥을 맛있게 먹음으로 건강을 지키게 하는 뜻이다.

올해는 많이 아파서 힘들었지만 새해에는 건강하게 이 숟가락으로 맛있게 먹겠다는 의미입니다. 새해에는 자식들 걱정 끼치지 않도록 건강할 겁니다.

다음 날은 늘 사용하는 볼펜을 그렸고, 그다음 날은 맹순 씨의 핸드폰을 그렸다. 늘 마시는 찻잔, 차통, 먹던 사과, 먹던 고구마, 텃밭에서 쓰는 호미 등 주변에 보이는 물건을 하나씩 닥치는 대로 그렸다. 맹순 씨가 그리겠다고 마음을 먹는 게 어려웠지 막상 그리기 시작하면 형태는 둘째 치고 색을 고르는 솜씨가 근사했다.

처음에 맹순 씨는 대학까지 나온 딸이 분명 그림 그리는 법도 배웠을 텐데 하나도 가르쳐 주지 않고 보이는 대로 그리라고만 하는 게 괘씸했었단다. 그래서 더 잘 그려 보겠다고 다짐하며 그렸는데 이제 맹순 씨는 그림을 그리는 순간에는 잘 그리겠다는 생각 외에 다른 생각은 나지 않는다고 했다.

거실에서 멍하니 앉아 있던 맹순 씨는 이제 볼 수가 없다. 볼펜과 색연필로 앉은 자리에서 여러 장의 그림을 곧잘 그리는 맹순 씨. 어떤 그림은 자기가 그린 그림이 맞냐며 너무 잘 그렸다고 감탄하며 천진한 웃음을 보인다. 이제는 맹순 씨가 우스갯소리로 이렇게 말한다.

"네가 안 가르쳐 준 게 천만다행이여."

까치

옛날에는 까치가 아침에 와서 울면은
반가운 손님이 오신다고 옛날 어른신들이
그렇게 말씀들 하셨는대요 지금은 저희집
창밖에다 모이를 주고 날마다 먹곤 하는데요
아무 소식이 없어요 옛날엔 지어내서 하는말
같아요 그래도 보면은 반가워요

옛날에는 까치가 아침에 와서 울면 반가운 손님이 오신다고 옛날 어르신들이 그렇게 말씀하셨는데요. 지금은 저희 집 창밖에다 모이를 주고 날마다 먹고 하는데요. 아무 소식이 없어요. 옛날에 지어내서 하는 말 같아요. 그래도 까치를 보면 반가워요.

아파트가 최고여

"철컥, 철컥."

새해가 되면 아파트 여기저기에서 이삿짐을 나르는 소리가 들려온다. 바야흐로 이사의 계절이 돌아왔다.

그 계절, 가장 바쁜 새가 있다. 추운 12월 말부터 나뭇가지를 하나씩 물어다 둥지를 짓는 까치다. 새들은 보통 봄이 되어 애벌레가 나올 때쯤 둥지를 짓는데 까치는 예외다. 그도 그럴 것이 둥지 하나를 짓는 데 나뭇가지를 2천 개 정도 쓰고 흙을 부리로 퍼 와서 둥지 안을 미장한다. 그뿐인가? 알을 낳을 자리에는 부드러운 재료로 채우니, 까치가 둥지를 짓는 시간은 다른 새들이 지을 때보다 배로 걸린다.

그런데 까치가 부리로 애써 물어 온 나뭇가지들이 매서운 겨울 바람에 날려 떨어지기 일쑤다. 그래서 까치가 짓기 시작한 지 얼마 안 된 둥지 아래에는 떨어진 나뭇가지들이 널려 있다.

만약 까치가 둥지를 짓는 걸 우연히 보게 된다면 가능한 모른 척하기를 바란다. 새끼를 키울 둥지를 마련하는데 누군가 지켜보고 있다는 걸 안 이상, 그곳은 안전한 집이 될 수 없다. 그래서 까치는 누군가 자기 둥지를 보고 있단 기척을 느끼면 고생해 만든 둥지를 버리고 새로운 둥지를 짓기도 한다.

작은 둥지 하나를 짓는 게 사람에게는 어려운 일이 아니겠지만 오직 부리로만 나뭇가지를 한두 개씩 물어 오는 새가 둥지 하나를 지으려고 얼마나 많은 날갯짓을 하겠는가. 그 고된 노동을 생각해 보면 함부로 둥지를 엿볼 수 없다.

어렸을 때 우리 집은 이사를 자주 했다. 그러다 보니 집에 대한 여러 에피소드가 있다. 이사하기로 한 날 갑작스레 갈 집이 사라지기도 했고, 이사 온 지 얼마 안 있다가 이사 갈 집을 찾아야 할 때도 있었다. 작은 단칸방에 일곱 식구가 들어가 살기도 했고, 소들이 사는 축사 바로 옆에 붙은 방에서 살기도 했다. 그럴 때마다 맹순 씨에게 다섯 자식이 얼마나 큰 부담이었을까?

"힘들다고 느낄 틈도 없었어. 그냥 우리 일곱 가족 등 대고 누워 잘 공간만 있음 된다 했지."

손에 물 한 번 안 묻히고 부모님 밑에서 살던 맹순 씨는 열아홉에 깡시골로 시집을 와서 온갖 고생을 하고 살았다. 세탁기도 없던 시절, 추운 겨울에 얼어붙은 냇물을 깨서 십여 명이 넘는 시댁 식구들 빨래를 했고 밥 지으랴 농사일하랴 쉴틈이 없었다.

한번은 지독한 감기에 걸려 며칠을 앓아누웠는데 동네 사람들이 저러다 죽는 거 아니냐고, 친정에 알려야 한다고 성화였다. 하지만 시어머니는 들은 척 만 척, 끓인 죽을 먹든지 말든지 하라면서 방 안에 던져 놓고 갔다. 마치 소에게 여물을 주듯이 말이다. 몸도 아픈데 서러움까지 더해져서 죽을 만큼 힘들었는데 고개 넘어 사는 할머니가 어떻게 때맞춰 와 줘서 겨우 마음을 추스렸다고 했다.

시댁에서 머슴처럼 일만 한 맹순 씨는 마흔이 되어서야 분가를 했다. 다른 지방에 있는 목장에 일자리가 나서 이사를 간 것이다. 목장 옆에 시멘트로 된 허름한 단칸방에는 원래 아빠만 들어가기로 했었는데 사정사정해서 일곱 식구가 들어가 살았다. 단칸방이어도 온전히 자기 가족만의 첫 집이어서 맹순 씨는 좋았다고 했다.

1983년 화성 목장에서 소 돌보는 일을 하던 맹순 씨

　맹순 씨는 목장에서 열심히 일하며 돈도 모아 송아지를 사서 애지중지 키웠다. 언젠가는 번듯한 자기 집을 가지겠다면서 말이다. 그런데 아빠가 몰던 경운기가 논으로 굴러떨어져서 함께 탄 사람들이 다쳤다. 맹순 씨는 한 마리 있던 송아지를 팔아 사람들 치료비를 댔다. 이후 목장 집에서도 쫓겨난 우리 일곱 식구는 끝없이 이사를 다녔다. 말할 것도 없이 맹순 씨와 아빠는 아침저녁 구분 없이 목장 일이든, 청소 일이든 닥치는 대로 일했다.

　추운 겨울에도 쉬지 않고 나뭇가지를 물어다 집을 짓는 까치처럼 열심히 일한 맹순 씨는 쉰다섯에 처음으로 24평 아파트에서 살게 되었다. 첫 자가인 데다가 소똥 냄새라고는 맡을 수 없는 깨끗한 아파트는 맹순 씨에게 그야말로 천국이었다.

"엄마는 아파트가 그렇게 좋아?"

"좋제! 따순 물 나오제, 집 안에 화장실도 있제. 겨울이라고 우풍이 있기를 하냐 벌레가 들어오길 하냐. 따순 보일러에 방바닥도 따숩지. 이런 좋은 델 두고 시골이 뭐가 좋다고 니들은 만날 시골 간다고 그래 쌌는지 알다가도 모르겠다."

맹순 씨는 흙을 밟고 살고 싶다는 언니와 나의 시골살이 로망을 들을 때마다 고개를 절로 젓는다. 도심 아파트만큼 살기 좋은 곳이 어디 있냐면서 말이다. 하지만 아무리 도시 아파트가 좋다고 해도 맹순 씨가 어디에서 힘을 얻는지 안다.

그 좋은 아파트에서 매일 텃밭으로 출근하는 맹순 씨는 집에서보다 텃밭에 있을 때 훨씬 더 활기차 보인다. 땅의 기운을 받는 건지 허리도 꼿꼿해지는 것 같고 목소리에서도 힘이 느껴진다.

언니와 둘이서만 하는 이야긴데, 맹순 씨가 아무리 아파트가 좋다고 해도, 지금처럼 집 가까이 텃밭이 없었다면 분명 시골 아파트로 이사 갔을 거라고 말이다.

딱새

지혜야 엄마가 미안해 엄마 뜻 말 취고생
한줄 안다 엄마도 누구한테 말 한마디 건넬
때가 없고 태래띠 보라가 그냥 보면 줄을랜데
잘 알도 모르면서 말이 다운다 높으며 빈통없는
소리 한다고 왜 말이 한다고 한 말이 틀린데가
없다 엄마 떵깨라고 말도 안하니까 재미없고 엄마
말이 가슴아팠다 미안해 밤이면 잠자라 봐
주는것도 엄마는 고맙게 생각한다 너 아니면 넘
마겉에누가 있느냐 엄마가 딸 많이 사랑 한다

지혜야, 엄마가 미안해. 엄마 뜻 맞춰 고생한 줄 안
다. 엄마도 누구한테 말 한마디 건넬 데가 없고 텔레
비전 보다가 그냥 보면 좋을 텐데. 잘 알지도 못하면
서 말이 나온다. 늙으면 빈 통 없는 소리 한다고 옛말
이 하나도 틀린 데가 없다. 엄마 똥개라고 말도 안 하
니까 재미없고 엄마 많이 가슴 아팠다. 미안해. 밤이
면 잠자리 봐 주는 것도 엄마는 고맙게 생각한다. 너
아니면 엄마 곁에 누가 있느냐. 엄마가 딸 많이 사랑
한다.

가장 멋진 사과 편지

"사각사각."

맹순 씨가 책상을 펴놓고 앉았다. 그림을 그리는 것 같은데 뭘 그리는지 궁금하기도 하고 화도 슬슬 풀어져서 슬쩍 옆으로 다가갔다.

맹순 씨가 그림 몇 장을 내밀었다. 내가 나무로 깎아 놓은 곤줄박이를 보고 그린 새 그림이었다. 맹순 씨가 그린 첫 번째 새 그림이었다!

"세상에, 못 그린다더니 어쩜 이렇게 예쁘게 그렸어?"

그동안 맹순 씨한테 토라져 있던 마음이 단숨에 풀렸다.

"어째 볼만하냐? 손주들 오면 줄라고 그려 봤는디."

평소 팔랑거리던 딸이 방에만 틀어박혀 있어서 마음이 불편했던 맹순 씨가 조심스럽게 말을 꺼냈다. 그러며 나에게 또 다른 그림을 내밀었다. 속상하게 해서 미안하다는 사과 편지였다. 순간 울컥했다.

얼마 전 맹순 씨가 드라마를 보다가 여자 주인공을 보며 여자가 너무 나댄다는 식으로 말했다. 나한테 하는 말도 아닌데 난 욱하는 마음에 모진 말을 내뱉었다.

"엄마는 잘 알지도 못하면서 왜 여자들만 나댄다고 그러는 거야!"

그렇게 일방적으로 쏘아 대고는 한마디 말도 하지 않는 날 보며 맹순 씨는 어쩔 줄 몰라 했다. 아픈 노인에게 이래선 안 되는 걸 알면서도 쌓여 있던 앙금이 쉽사리 풀어지지 않았다.

우리 형제는 2남 3녀로 나는 딸 중에서 막내딸이다. 부모 마음이 똑같다고는 하지만 남자를 귀하게 여기던 때를 살아온 맹순 씨는 보고 배운 대로 자식들을 사랑했다.

내가 태어났을 때 맹순 씨는 집안 어른들과 내 이름을 '지혜'라고 지었다. 그런데 아빠가 출생 신고를 하러 가서는 '임자'라는 이름이 좋다는 이야기를 듣고, 엄마와 상의도 없이 '임자'로 출생 신고를 했다. 그러고는 집에 와 그런 사연도 알려 주지 않았다. 결국 난 초등학교에 입학한 후에야 내 이름이 '임자'라는 사실을 알게 되었다. 집에 와서 내 이름은 지혜라고 펑펑 울어도 아빠는 미안해하지 않았다. 이런 게 당연한 시대라 엄마는 내 편을 들지도, 아빠의 행동을 탓하지도 않았다. 대신 엄마는 지금까지 날 지혜라고 부른다.

맹순 씨 역시 여자라는 이유로 차별받는 부조리한 시대를 살았다. 맹순 씨는 다른 친구들처럼 학교에 가고 싶었지만 여자라는 이유로 초등학교까지만 다녔다. 외삼촌들이 고등학교, 대학교까지 다니는 동안 맹순 씨는 학교에 다니고 싶다는 말도 꺼낼 수 없었다. 그러고는 한 번도 만난 적 없는 남자와 결혼했다. 며느리라는 이유로 시댁 식구들의 온갖 뒤치다꺼리를 하며 아파도 아픈 내색하지 못하며 머슴처럼 일했다.

이러한 삶은 비단 맹순 씨만의 것이 아니다. 그 시절에 살던 여자 대부분이 날개가 꺾인 채 새장 안에 갇혀 살아야 했다. 그게 당연한 것처럼 말이다. 그러니 맹순 씨가 텔레비전에서 자신 있게 자기 의견을 말하는 여자들이 얼마나 어색하고 불편했을까.

어제는 아침에 TV 보다가 딸하고 안 좋았어요. 애들이 여럿이 모여 싸우는데 남자아이가 울어서 여자아이가 좀 명랑한 것 같아서 여자아이가 좀 그렇다고 했더니 엄마는 여자만 나쁘다고 한다고 하면서 딸을 서운하게 했어요. 참으로 늙으면 말조심해야겠어요.

　맹순 씨가 쓴 그날의 일기를 보고 마음이 아팠다. 내가 맹순 씨에게 일기를 쓰고, 그림을 그리라고 권한 건 재활 이유도 있지만, 맹순 씨가 자기 목소리를 냈으면 하는 마음도 있었다. 맹순 씨가 꺾인 날개를 펼치고 새장 밖으로, 딸, 며느리, 엄마가 아닌 맹순 씨로 날아오르기를 바랐다. 그런 내가 맹순 씨의 꺾인 날개를 모른 척하고 모질게 내세웠다는 사실이 얼굴을 확 달아오르게 했다. 난 맹순 씨에게 일부러 여자를 무시하는 말을 한 게 아님을 안다고 사과했다.
　내가 아파트 정원에서 새를 만나며 마음을 푸는 동안 맹순 씨는 내가 만든 새를 보면서 그림을 그리고 글로 마음을 표현했다. 그렇게 우리는 새를 보면서 마음을 녹여 냈다.

노랑
턱 멧새

노랑턱 멧새를 그려 봤어요 딸이 만들었는데
턱이 노란에는 얘밖에 없대요 돌아다닐때
짹 짹 거리는 소리를 내는데 나도 한번
보고 싶어요 봄에는 볼수 있을까요

노랑턱멧새를 그려 봤어요. 딸이 만들었는데 턱이 노
란 애는 얘밖에 없대요. 돌아다닐 때 쩝쩝거리는 소
리를 내는데 나도 한번 보고 싶어요. 봄에는 볼 수 있
을까요?

이웃사촌이 된 직박구리와 멧비둘기

　보통 새들은 사람을 가까이하지 않고 사람이 나타나면 도망가기 바쁘다. 그러다 보니 새를 탐조할 때 쌍안경이 없으면 새를 괴롭히면서 봐야 하고, 또 아무리 시력이 좋아도 작은 새를 자세히 관찰할 수가 없다. 그래서 쌍안경은 탐조의 필수품이다.

　탐조를 시작한 지 얼마 되지 않은 무렵, 쌍안경으로 노랑턱멧새의 작고 또랑또랑한 눈동자와 눈맞춤을 한 순간 나는 눈을 뗄 수가 없었다. 새와 나 사이의 물리적 거리는 사라지고 세상에 나와 노랑턱멧새만이 존재하는 느낌이었다. 그 순간의 전율을 지금도 잊을 수가 없다.

　그 후 탐조 전도사가 된 내가 하루도 빠지 않고 새 이야기를 했는데도 맹순 씨만은 시큰둥했다. 그런 맹순 씨가 우리 집 베란다로 온 멧비둘기와 직박구리를 보고는 무장해제 되었다.

한번은 서울 녹색교육센터에서 중고생을 대상으로 한 탐조 교육 때 쓴 해바라기씨가 많이 남아서 집에 가져왔다. 난 17층까지 어느 새가 오려나 기대도 별로 없었지만 베란다 실외기 위에 해바라기씨를 물과 함께 두었다. 맹순 씨는 그런 나를 한심하게 바라보았지만 대놓고 뭐라고 하면 싫은 소리를 들을 게 뻔하니 못마땅한 걸 참고 내버려 두었다. 그런데 다음 날 아침, 우리 집 베란다로 멧비둘기와 직박구리가 찾아왔다. 나도 놀랐지만 새에 관심이 없던 맹순 씨는 나보다 더 신기해하는 눈치였다.

그날 이후로 직박구리와 멧비둘기가 매일 찾아왔다. 한 마리가 올 때도 있었고 두 마리가 같이 올 때도 있었다. 직박구리는 덩치에 밀리는지 멧비둘기가 해바라기씨를 먹을 때면 베란다 난간에 앉아 기다렸다. 그런데 하루는 아무리 기다려도 멧비둘기가 먹이 그릇에서 떠나지를 않아서 화가 난 직박구리가 멧비둘기에게 덤벼들었다. 한 번, 두 번. 그래도 멧비둘기가 꼼짝을 하지 않자 직박구리는 다시 베란다 난간으로 돌아왔다. 씩씩대는 모습이 역력했다. 그 모습을 보던 맹순 씨는 자식들이 싸우면서 크던 옛날이 생각났나 보다.

"내가 더 줄 테니까 싸우지 말고 사이좋게 지내라."

알아들을 리 없는 직박구리는 '뭘 자꾸 쳐다봐!' 하는 눈빛으로 보더니 베란다 안으로 쏙 들어왔다. 그러고는 맹순 씨가 기르던 빨간 열매를 똑 따서 물고 나가기를 몇 번. 가만히 두니 직박구리는 남아 있던 마지막 열매마저 물고 다이빙하듯 휙 날아갔다. 기가 차서 말도 나오지 않는 맹순 씨. 그 바람에 우린 신나게 웃었다.

난 직박구리가 사과를 좋아한다는 이야기를 들은 적이 있어서 베란다 먹이대에 사과도 같이 내놓았다. 그러자 맹순 씨는 부리로 사과를 찔러 파먹으려면 얼마나 힘들겠냐면서 일부러 칼집을 내서 직박구리가 먹기 편하게 해 주었다. 또 사과가 굴러다니지 않게 나무젓가락에 사과를 꽂아서 두었다.

맹순 씨는 직박구리와 멧비둘기가 싸우지 않게 먹이대를 갈라놓자고 했다. 난 분리수거하는 날에 대바구니를 구해 와서 베란다 양쪽에 하나씩 새 먹이대를 설치해 주었다. 한쪽에는 직박구리가 좋아하는 사과와 물을, 반대쪽에는 멧비둘기가 좋아하는 들깨와 해바라기씨를 놓아 주었다. 그리고 물그

사과를 먹는 직박구리

릇도 두었다. 도심에 사는 새들은 물을 먹기가 어렵고 물그릇을 두면 새들이 목욕하는 모습도 볼 수 있기 때문이다.

베란다에 먹이대를 놓을 때는 먹이대가 아래로 떨어지지 않게 플라스틱 끈으로 단단히 고정해야 한다. 또 아래에 배설물이나 먹이가 떨어지지 않는지도 신경 써야 한다.

하루는 밖에 나갔다 들어왔는데 거실에선 맹순 씨가 밥을 먹고 있고 베란다에선 참새가 쌀알을 먹고 있었다.

"내가 먹는 쌀을 참새도 먹고 나도 먹는다. 친구다 친구."

맹순 씨가 아버지와 살던 아파트엔 매일 커피며 과일이며 작은 것도 나눠 먹던 친구들이 살았다. 그런 친구들과 멀리 떨어진 곳으로 이사 온 맹순 씨. 친구가 없는 일상을 적적해

했는데 아침마다 새들이 친구처럼 찾아왔다.

"늦잠을 자는데 밖에서 구구구구 짹짹짹짹 난리다 난리. 가서 보니 참새랑 멧비둘기가 와서 밥 달라고 우는 거였어."

그렇게 맹순 씨는 천오백 세대 아파트 단지 최초로 새 먹이대를 운영하는 식당 주인이 되었다. 아침에 일어나자마자 먼저 와서 기다리는 새들의 밥을 차려 준다. 파리가 꼬이지 않게 매일 그릇을 닦아 주고 물도 새로 갈아 줬다. 새들이 좋아하는 해바라기씨나 땅콩, 들깨를 포대로 사다 놓았으니, 접시 두 개로 운영되는 작은 식당이었지만 주인의 인심이 후했다.

오늘은 유난히도 멧비둘기가 두 마리씩 한꺼번에 와서 먹고 가면 또 와서 먹고 쉬었다 가는 것을 보니 계속 먹이와 물을 떠놔야겠다는 생각이 부쩍 듭니다. 참 옛날에 오 남매 키우던 생각이 나요. 그때는 농사짓고 길쌈하느라 이렇게 새 보듯이 기쁜 줄도 모르고 그저 일하는 데만 정신이 팔려 아이들을 어떻게 키웠는지 생각도 안 날 만큼 바쁘게 키웠으니까요. 지금 생각하면 가슴 아파 눈물이 날 정도예요.

매일 베란다로 찾아오는 새 친구들 덕분에 맹순 씨는 낮에 혼자서 밥을 먹을 때도 심심하지 않았고 가끔은 베란다로 나가 창문을 사이에 두고 대화를 나누기도 했다. 물론 야생동물인 새들은 사람을 별로 좋아하지 않기에 맹순 씨 혼자만의 짝사랑일 테지만 그래도 맹순 씨는 매일 찾아와 먹이를 맛있게 먹는 멧비둘기와 직박구리가 너무 고마운 친구라고 했다. 그렇게 직박구리와 멧비둘기는 맹순 씨가 그렇게도 사귀고 싶던 친구, 이웃사촌이 되었다.

홍여새

동네 사는 딸 집이 이층인데 나무가 많아서
공원같아요 그래서 창 밖에다가 모이를 주니까
여러 종류의 새들이 와서 먹고 가는데 그 중에도
이 새가 예뻐서 그렸는데 홍여새라네요 그리기
가 어려울지만 그리는게 재미있어요 나도 가끔
딸 하고 같이 가서 새도 보고 딸도 보고 같이 점심도
먹고 너무 좋아요 딸 집이 동네 있으니 분들 갈라오다
가도 들리고 하니까 내가 너무 복이 많었껍 같아요

동네 사는 딸 집이 이층인데 나무가 많아서 공원 같
아요. 그래서 창밖에다가 모이를 주니까 여러 종류
의 새들이 와서 먹고 가는데 그중에도 이 새가 예뻐
서 그렸는데 홍여새라네요. 그리기가 어려웠지만 그
리는 게 재미있어요. 나도 가끔 딸하고 같이 가서 새
도 보고 딸도 보고 같이 점심도 먹고 너무 좋아요. 딸
집이 동네 있으니 운동 갔다 오다가다 들르고 하니까
내가 너무 복이 많은 것 같아요.

2층 언니네 베란다에 홍여새가 왔어요

"딩동."

언니한테 메시지가 왔다. 귀한 홍여새 사진이었다.

"홍여새가 진짜 우리 아파트에 왔다고? 지금 당장 갈게!"

홍여새는 우리나라에 와서 겨울을 머물다 가는 겨울 철새다. 홍여새가 왔단 소식이 뜨면 탐조인들이 보러 갈 만큼 귀한 새인데 그 홍여새가 언니네 베란다에 온 것이다. 내가 갈 때까지 홍여새가 있기를 바라며 힘껏 뛰어갔다.

언니네 베란다에 가 보니 정말로 홍여새 여섯 마리가 홍시 하나를 먹고 있었다. 깃털이 흩날리는 일반 새와는 달리 홍여 새의 깃털은 반질하게 동백기름을 칠한 듯 몸에 딱 붙어 있었 고 머리 위로 솟은 깃털과 눈동자가 권위 있게 보였다.

"이 새가 그렇게 귀한 새야?"

"그럼, 정말 귀한 새야."

난 우리 집 베란다에 멧비둘기와 직박구리가 오는 걸 보고 언니한테도 새 먹이대를 제안했다. 언니네는 2층이고 바로 앞에 공원도 있어서 새들이 더 많이 올 것이 분명했다. 게다가 겨울엔 새들이 먹을 게 부족해서 베란다에 먹을 걸 두는게 새들을 돕는 일이기도 해서 언니를 적극 설득했다.

당시 5년 차 탐조인이었던 나와는 달리 새에 전혀 관심이 없던 언니는 동생이 부탁하니 마지못해 오래된 홍시를 접시에 담아 밖에 내놓았다. 그런데 하루 만에 홍여새가 방문한 것이다.

예상대로 언니네 베란다는 새들로 언제나 문전성시였다. 한번은 귀여운 동박새가 왔다고 해서 추운 날씨였지만 맹순씨와 함께 보러 갔다. 맹순 씨도 동박새가 보고 싶은 마음도 있었겠지만, 가까이 살아도 늘 애틋한 언니를 보고 싶은 마음이 더 컸을 것이다.

동박새는 홍여새가 없는 틈을 타 홍시를 먹는데 주변 살피랴 맛있는 홍시 먹으랴 한시도 가만있지 않았다. 홍시를 어느 정도 먹고 나니 물그릇에 들어가 두 마리가 번갈아 목욕하는데 춥지 않나 싶으면서도 그 모습이 어찌나 귀여운지. 눈을

2층 베란다에 온 동박새들

떼지 못하고 목욕을 다 하고 갈 때까지 서서 몰래 지켜봤다.

"재들은 추위도 안 타는갑다. 느그들 어릴 적엔 겨울에 목욕 한번 할라믄 무쇠솥에 물을 붓고 부뚜막에다 불을 때서 팔팔 끓여서는 대야에 찬물이랑 조금씩 섞어가매 했는데. 몸을 푹 담그지도 못하고 덜덜 떨면서 말이다. 그때에 비하면 참말로 지금은 호강이다 호강."

목욕하는 동박새를 보고 맹순 씨는 옛 시절이 절로 떠오르는 듯했다. 소파에 앉아서 뜨개질을 하던 언니도 가까이 다가와 동박새를 한참을 봤다.

언니는 일찍 결혼해서 분가하고 아이를 낳으면서 나와는 다른 삶을 살았다. 어린 시절 많이 아파서 늘 조용했던 모습을 빼고는 언니와의 추억이 많지 않았다. 그런 언니가 서울에 살던 내게 수원으로 이사 와 엄마를 같이 모시면 좋겠다고 했을 때 난 고민했다. 서른셋에 2년 동안 중국에 코이카 해외봉사를 다녀온 후로 늘 외지를 떠돌면서 살았는데 다시 가족과 함께 사는 내 모습이 잘 그려지지 않았다. 그래서 엄마네 근처 아파트를 얻어 살다가 한 집에서 살게 됐다. 이사를 오고 나서 언니와 종종 만나기는 했지만 사는 거리만 가까워졌을 뿐 마음의 거리감엔 변화가 없었다.

그러다 엄마의 심정지를 같이 겪고, 중환자실로 면회를 아침저녁으로 같이 다니면서 언제 깨어날지 모르는 엄마를 걱정하며 전우애 같은 게 생겼다. 엄마가 일반 병실로 올라온 후에는 돌아가며 간병을 했다. 우린 엄마를 지키는 전사가 되어 수많은 걸 의논하고 함께했다. 호전 없는 엄마의 병세에 답답함이 쌓이던 어느 날 우린 엄마의 심정지로 입은 상처를 돌보지 않고 쉬지 않고 달렸음을 깨달았다. 주말이라도 병실을 떠나자며 언니는 지리산으로, 나는 섬으로 다니면서 치유와 회복의 시간을 가졌다. 월요일이면 한결 회복된 몸과 마음으로 다시 만나 같은 상황을 경험한 사람들만이 공감할 수 있는 위로를 말없이 나눴다.

이제는 언니와 베란다로 온 새들로 매일 연락하는 사이가 되었다. 모르는 새가 처음 나타나면 그 새를 보러 가면서 우린 제법 친해져 있었다. 맹순 씨는 형제가 서로 위하며 사는 것만큼 보기 좋은 게 없다며 새를 보고 웃는 우릴 보고 웃었다. 딸들에게 늘 마음의 빚처럼 미안함을 갖고 사는 맹순 씨에게 위로가 되는 순간이었다. 그런 날은 라면도 세상에서 가장 맛있는 만찬이 되었다.

박새

오늘은 운동하다가 딸 둘하고
같이 걸어가다가 딸이 냉이를 발견해서 나무가지
로 파고 캐서 오는 길에 지난 텃밭에 들렀더니 가을에
심어서 갔 김치를 담고 작은 간은 그대로 밭에 있었는데
추운 겨울을 버티고 봄되니까 얼굴을 내밀고 새싹이 발
이온 그래서 거기서 또 창고에 있던 칼로 캐가지고 와서
냉이는 국 끓이고 갓은 양념해서 설레드를 했는데
너무 많이어서 딸 둘하고 셋이서 점심에 맛있게
먹었어요 오후에는 또 운동갈겁니다 커피도 마시고요

오늘은 운동하다가 딸 둘하고 같이 걸어가다가 딸이
냉이를 발견해서 나뭇가지로 파고 캐서 오는 길에 작
년 텃밭에 들렀더니 가을에 심어서 갓김치를 담그고
작은 갓은 그대로 밭에 있었는데 추운 겨울을 버티고
봄이 되니까 얼굴을 내밀고 새싹이 났어요. 그래서
거기서 또 창고에 있던 칼로 캐 가지고 와서 냉이는
국 끓이고 갓은 양념해서 샐러드를 했는데 너무 맛있
어서 딸 둘하고 셋이서 점심에 맛있게 먹었어요. 오
후에는 또 운동 갈 겁니다. 커피도 마시고요.

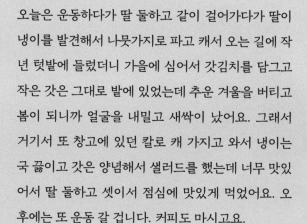

봄은 새들의 노래로 열린다

우중충하던 단풍나무에 물이 올라 줄기가 초록색으로 바뀌어 갈 무렵, 목마른 새들은 단풍나무로 찾아든다. 가지에 난 상처에서 흐르는 물을 마시며 겨우내 움츠러든 몸에 조금씩 생기가 돌고 번식할 준비를 한다.

매화꽃이 피고 산수유가 꽃망울을 터트리면 기다렸다는 듯 직박구리가 꽃과 꿀을 먹기 시작한다. 나뭇가지에 앉아 꽃잎을 맛있게 따 먹는 직박구리를 보면 나도 꽃잎을 먹어 보고 싶을 지경이다. 상

꽃을 좋아하는 직박구리

처가 나 있는 목련 꽃잎을 보면 꽃 좋아하는 직박구리 소행이구나 싶어 피식 웃는다.

   벚나무에 꽃이 피면 직박구리만 아니라 박새, 쇠박새, 참새 모두가 꽃잎에 앉아 만찬을 즐긴다. 부리가 긴 직박구리는 부리를 꽃잎 속에 꽂아 넣어 꿀을 빨아먹고 부리가 짧은 참새는 꽃받침 뒤를 똑 따서 만든 구멍으로 꿀을 빨아먹는다.

   이 무렵, 텃새는 철새처럼 화려한 깃털을 갖지도, 깃을 바꿀 수도 없지만 깃털을 다듬어 가장 아름다운 모습을 갖춘다. 동시에 노래 연습도 한다. 바로 짝짓기를 위해서다.

   멧비둘기는 겨울이 지나자마자 '구구구구' 소리를 내며 짝을 찾는데 맘에 드는 짝을 찾으면 적극적으로 구애한다. 암컷의 뒤를 졸졸 따라다니며 깃을 다듬어 주고 부리를 부딪치며 애정 행각을 벌인다. 그러다 다른 수컷이 근처에라도 오면 무서운 기세로 쫓아낸다. 재미있는 건, 멧비둘기 수컷은 구애하던 암컷이 휙 날아가 버려도 상처받지 않고 곧바로 다른 짝을 찾아 구애한다.

   쇠박새는 작은 몸통에서 나는 소리라고 믿기지 않을 만큼 크게 '총총총총총' 소리를 내고 방울새는 '또로롱' 하고 구슬이 굴러가는 소리를 낸다. 박새는 노래 레퍼토리가 다양해 '비쯔

비 비쯔비, 쯔비 쯔비 쯔비, 비쯔 비쯔 비쯔' 하고 한자리에서 몇 곡조 뽑아낸다. 암컷에게 잘 보여야 하니 천적에게 노출되는 위험을 감수하고 소리가 멀리 퍼질 수 있도록 나무 높은 곳으로 올라가 한껏 목청을 가다듬고 노래한다. 새들이

작은 몸으로 총총총
큰 소리를 내는 쇠박새

번식을 위해 목숨을 걸고 노래하는 건 누가 가르쳐 주지 않아도 저절로 그렇게 되는 본능이다.

곤줄박이도 이에 질세라 '쯔쯔비 쯔쯔비' 노래하고, 일 년 내내 노래 연습을 한 직박구리가 마지막으로 노래에 가담하면 아파트 새들의 화려하고 '처절한' 짝짓기 노래가 최고조에 달한다.

왜 처절한가? 짝짓기를 하는 건 결국 번식을 위해서다. 그런데 번식이 쉽지 않다. 새끼를 키우는 동안 부모 새는 새끼에게 헌신한다. 목욕도 하지 않고 깃을 다듬지도 않는다. 부모 새는 먹을 것도 양보하고 오로지 새끼를 기르는 데만 집중

하다 보니 봄날의 아름다운 모습은 온데간데없이 초췌할 뿐이다. 그걸 아는 이상 새들의 노래가 아름답게만 들리지 않는다.

사람들은 흔히 꽃과 함께 봄이 온다고 한다. 하지만 난 새들의 노래로 봄이 열리는 것 같다. 새들이 일 년 중 가장 아름답게 목을 가다듬어 구애의 노래를 부르기 때문에 말이다.

맹순 씨의 봄은 어디에서 열릴까? 당연히 텃밭이다. 죽다 살아나 걷지도 못할 때도 텃밭을 하고 싶어 했던 맹순 씨. 겨우내 여기저기 쑤시고 안 아픈 데가 없다고 할 땐 언제고 텃밭 주인아저씨에게 벌써 열 평 텃밭을 예약해 놓았다. 농기구를 찾아 손질하고, 올해 텃밭에는 어떤 작물을 키울지 구상하고, 모종이 언제쯤 나올지 농자재 마트도 들러 본다. 다른 텃밭 사람들은 뭘 심었는지 가서 보기도 한다. 맹순 씨는 텃밭을 가꿀 생각에 콧노래는 못 부르지만 절로 콧노래가 나올 표정이다.

이른 봄에
나무 꼭대기에서
방울 소리를 내며
짝을 찾는 방울새

63

봄이 오면 누구보다도 씩씩한 대장 같은 맹순 씨는 흙을 뚫고 나오는 냉이와 쑥 냄새를 기가 막히게 알아차린다. 맹순 씨는 어디선가 못 쓰는 과도와 비닐봉지를 챙기고 나가서는 입맛을 돋우는 데 그만이라며 씀바귀와 냉이를 캐 온다.

쑥을 캐 온 날엔 금이라도 한 주머니 들고 오는 사람처럼 의기양양하다. 겨우내 아팠던 맹순 씨를 봄나물이 힘을 솟게 했다. 물론 그 뒤엔 언제나 자식들이 있다. 맹순 씨는 씀바귀를 무치고 냉이로 국을 끓이고 쑥버무리를 만들어서 자식들에게 나눠 준다. 맹순 씨 덕분에 맛있는 봄을 맛본다. 그래서 난 봄이 언제나 기다려진다.

쇠박새

쇠박새가 죽어있는 모습을 딸이 사진으로 찍어
보내줘서 그렸는데 죽은 이유는 다니다가 먹이중에
유리에 부딪쳐서 떨어져 죽는 경우가 많타네요
요즘 부부가 짝을지어 알을 낳아 새끼를 낳으려고 집을
짓는 과정인데 거의 다 지어가는 과정인것 같다네요
솜털을 물고 죽었어요 부부중에 남은 짝은 불쌍해요

쇠박새가 죽어 있는 모습을 딸이 사진을 찍어 보내
줘서 그렸는데 죽은 이유가 날아다니다가 유리에 부
딪혀서 떨어져 죽는 경우가 많다네요. 요즘 부부가
짝을 지어 알을 낳아 새끼를 낳으려고 집을 짓는 과
정인데, 거의 다 지어가는 과정인 것 같다네요. 솜털
을 물고 죽었어요. 부부 중에 남은 새는 불쌍해요.

당신이 그립고 그리워요

"선생님, 집이에요? 창문 앞에 멧비둘기가 있는데요, 한 시간째 가만히 앉아서 꼼짝도 안 하는데 이상해요. 한번 와 보세요."

서연이가 급한 목소리로 전화를 했다.

"유리창에 부딪히는 소리 들었어?"

"네, '쿵' 소리가 나서 가 보니까 처음에는 바닥에 있었는데요, 곧 저 위로 올라가서 가만히 앉아 있어요."

"그래 지금 나가 볼게."

서연이는 아파트에서 탐조를 하면서 몇 번 놀이터에서 만난 초등학생이다. 탐조 이야기에 귀를 쫑긋하고 듣던 서연이는 아파트에 신기한 새가 나타나거나 아픈 새가 있으면 전화로 알려 주는 귀여운 탐조 요원이다.

서연이를 따라가 보니, 멧비둘기가 미동도 없이 2층 베란다에 앉아 있는 게 상태가 안 좋아 보였다. 새들의 유리창 충돌은 보통 아파트 바깥에 세워진 방음벽에서 자주 일어난다. 그런데 어린 새들은 지형지물을 아직 파악을 못해서 아파트 유리창에 부딪히는 경우가 종종 있다.

유리창 충돌은 새들에게 치명적이다. 새들은 풍경이 그대로 비춰지는 유리창을 인식하지 못한다. 그래서 날아오는 속도를 늦추지 않고 유리창에 돌진해서 뇌진탕으로 죽는다.

다행히 미동도 않던 멧비둘기는 2층 베란다에서 날개를 퍼덕이며 날아갔다.

하루는 형부가 사진과 함께 메시지를 보냈다.

"처제, 여기 아파트 공동현관문 앞에 비둘기가 죽어 있네."

형부는 비둘기를 풀밭에 잘 놓아두었다고 했다. 직접 가서 보니 공동현관문 유리창에 부딪힌 흔적이 있었고, 풀밭에 있는 멧비둘기 눈동자가 까만 게 어린 새인 것 같았다. 난 죽은 멧비둘기 사진을 찍어 '네이처링 미션 야생조류 유리창 충돌(www.naturing.net/m/2137/summary)'에 올렸다. 이곳은 새들의 유리창 충돌을 온라인에 기록하는 사이트다. 국립생

태원에서 시작한 이 작은 미션은 어느새 4만 건의 기록을 넘어서 이제는 새들의 죽음을 막는 법을 만들고 있다. 새들의 안타까운 죽음을 인터넷에 기록하는 작은 행동으로도 새들을 보호할 수 있다는 사실을 증명한 거다.

난 맹순 씨에게 온라인 사이트에 올라온 사진들을 보여 줬다. 맹순 씨는 여러 사진 중에서 둥지 재료를 물고 가다가 유리창에 충돌해 죽은 쇠박새 사진이 유독 가슴 아프게 다가오는 듯했다.

"에구…. 어쩐다냐. 남은 새는 그것도 모르고 얼마나 기다릴 텐데."

맹순 씨는 깊은 공감에서 나오는 안타까움을 표했다. 그날 맹순 씨는 그림을 그리는 공책에 아까 본 쇠박새 그림을 그리기 시작했다. 둥지 재료를 물고 가다 죽은 쇠박새를 보며 함께 둥지를 가꾸어 가던 남편이 생각이 많이 난다고 했다.

"요즘도 아빠 생각 나?"

"평생 일만 하다 그렇게 갑자기 죽어뿌니 불쌍하지. 한번은 멀쩡하게 나갔던 사람이 팔 한쪽이 덜렁덜렁 해 가지고 들어온 거야."

"어쩌다가?"

"절 짓는데 노가다 다닐 땐가. 아침밥 먹고 자전거 타고 일을 나가는데 트럭 백미러가 쳤는지 갈비뼈가 두 대나 나가고 서지도 못하고 흐물흐물하더라. 그때가 한여름이었는데 아유 징글나. 내가 옆에만 타고 다녔지 경운기를 안 몰아 봤잖아. 누가 해줄 사람도 없고 소들은 밥 달라고 난리고. 어찌어찌 경운기를 모는데 브레이크를 못 잡아서 집 다 쓰러뜨릴 뻔했잖어."

"아빠는 언제 가장 생각나?"

"맛있는 거 먹을 때 제일 생각이 나. 요리해 주면 그렇게 맛있게 먹었어. 조금 더 살다 갔으면 좋았을 것을 뭐가 그리 바쁘다고 일찍 가 버렸는지."

아버지는 십 년 전 암으로 돌아가셨다. 가난한 집에 장남으로 태어나 평생 일만 하다가 시골에서는 살길이 안 보여 올라온 타향에서도 소처럼 일만 하셨다. 갈비뼈가 부러지고, 어깨가 탈골되고, 등이 굽고. 평생의 이력이 온몸에 새겨져 있었다. 이제 어느 정도 살 만해졌다 생각된 어느 날 갑자기 암으로 돌아가셨다. 너무도 갑작스러운 사별에 맹순 씨는 넋을 잃었다. 충격에 한동안 우울증 약을 드시기도 했다. 십 년이 지난 지금도 맹순 씨는 아버지 기일이 가까워지면 한동안 잠을 잘 못 주무신다. 일기에 그 마음이 고스란히 담겨 있었다.

오늘은 남편이 돌아가시기 전 살아 있었던 날 생일이에요. 옛날 같으면 제삿날입니다. 하나님 믿어 제사는 안 지내고 딸하고 같이 산소에 갔다 왔습니다. 종일 마음이 아팠어요. 웃고 있는 사진을 보니까 더욱 아팠어요. 옛날 생각도 나고 딸 도와줘서 고맙다고 하고 내 건강 지켜줘서 고맙다고 하고 오니까 남편은 먼저 가서 나 혼자 잘 살고 있다고 생각하니 마음이 너무 아팠습니다.

난 〈맹순씨 텃밭〉 다큐멘터리 영화로 받은 상금으로 맹순 씨의 오래된 텔레비전을 바꾸기로 했다. 맹순 씨의 텔레비전은 아빠와 목장 일을 할 때 축협에서 조합원들에게 공짜로 줬던 브라운관 텔레비전이었다. 수십 년이 된 텔레비전을 왜 여태 쓰는가 싶었는데, 맹순 씨가 쓴 일기를 보고 이유를 알아차렸다.

그때는 함께 기뻐했는데 지금은 저 혼자 기뻐하게 돼서 옛날 생각이 나네요. 막내딸이 오늘은 텔레비전을 사 주니 딸이 너무 고맙습니다. 나 혼자 기쁨을 맞으니 기쁘기도 하고 한편은 목장 할 때 생각이 나서 슬프기도 합니다.

고된 시간을 함께했으니 남편과 동지애는 물론이고 가족으로 애틋하게 쌓은 정이 그득할 거다. 그러니 아빠의 빈자리가 얼마나 클지 가늠할 수가 없다. 남편은 맹순 씨에게 영원히 그립고 그리울 사람이다.

1994년 화성에서 직접 목장을 운영할 때 경운기를 몰던 아빠

울새

이 새는 울새랍니다 우리나라에 살지 않고 지나
가다가 배고파 먹이를 찾으려고 우리 아파트에
있는 것을 딸이 보고 사진을 찍어와서 그렸읍니다
그리고 우리집은 창 밖에다 물과 들깨 사과 이렇게
모이를 주고 있음 새들이 다섯 종류에 새들이 와서
먹고 목욕하는 모습이 너무 보기좋아요 아주 많이요

이 새는 울새랍니다. 우리나라에 살지 않고 지나가다
가 배고파 먹이를 찾으려고 우리 아파트에 있는 것을
딸이 보고 사진을 찍어 와서 그렸습니다. 그리고 우
리 집은 창밖에다 물과 들깨, 사과, 이렇게 모이를 주
고 있어요. 새들이 다섯 종류에 새들이 와서 먹고 목
욕하는 모습이 너무 보기 좋아요. 아주 많이요.

아파트 정원에서 나그네새를 만나다!

탐조인들의 가슴을 두근거리게 하는 계절을 꼽으라면 단연코 봄이다. 봄이면 우리나라를 통과하는 철새들이 지친 몸과 허기를 채우기 위해 육지와 조금 떨어져 있는 서해안 섬을 찾는데 그 수가 엄청나다. 그래서 봄이면 우리나라를 통과하는 나그네새를 만나려고 탐조인들은 설레는 마음으로 부지런히 섬으로 간다. 나도 기대에 부풀어서 소청도로 가는 배를 타려고 인천항에 새벽부터 찾아갔다. 그런데 그날따라 안개가 짙어서 배 출항이 취소되었다. 어쩔 수 없이 집으로 갔다가 다음 날 다시 갔는데 상황은 마찬가지였다. 결국 나는 휴가 일정을 더 낼 수가 없어서 아쉬운 마음을 꾹꾹 눌러 담고 집으로 돌아왔다.

맹순 씨는 내심 딸이 집으로 돌아온 게 반가운 모양이었다. 심장 수술 후 맹순 씨는 밤에 잠에서 깼을 때 옆에 누구라도 없으면 무서움에 잠이 들지 못했다. 몇 년 만에 처음으로 맹순 씨와 떨어져서 떠난 섬 탐조인데 맹순 씨 얼굴을 보니 못 가고 돌아온 게 다행인가도 싶었다.

그래도 얼마나 기다린 섬 탐조인데 이틀 연속 허탕 치고 온 게 아쉬웠다. 그 맘을 달래려고 맹순 씨와 아파트 정원에서 이소를 준비하는 까치 둥지로 찾아갔다. 이소는 새의 새끼가 둥지를 떠나는 걸 말한다. 그런데 까치 둥지 주변에서 시끌시끌한 소리가 들려왔다. 한두 마리가 아니고 한 무리의 새가 일제히 내는 소리였다. 한참을 살펴보니 배가 하얗고 등이 초록색인 새들이 날아다니고 있었다. 나그네새인 솔새류다.

새벽같이 일어나 소청도에 가려고 한 건 서해안 섬을 통과해서 지나가는 철새인 나그네새를 만나기 위해서였다. 그런데 그 나그네새가 바로 지금 우리 아파트 정원에 우르르 내려앉아 있는 거다. 바로 내 눈앞에 말이다!

난 들고 있던 카메라 셔터를 정신없이 눌렀다.

쌍안경으로 봐서는 나무 꼭대기 쪽에 앉은 솔새들 배만 보여서 동정하기에 어려움이 있었다. 동정은 분류학적으로 증

노랑눈썹솔새

명된 새를 식별하고 이름을 붙이는 과정이다. 솔새들 모습도 비슷해서 모습만으로는 동정이 어려울 것 같아 동영상으로 소리 녹음도 했다. 그렇게 두 시간 가까이 지켜보는데 어느 순간 소리가 줄어들더니 조용해졌다. 그사이 까치 새끼는 이소를 마쳤는지 둥지 주변에 보이지 않았다.

5월 들어 맹순 씨와 자주 텃밭에 다니기 시작했는데, 어느 날은 아파트 테니스장 옆에 사람이 들어가지 못하게 막아 놓은 작은 소나무 정원에서 큰 새 소리가 들려왔다. 그동안 들어보지 못한 새소리였다. 소리는 컸고 끊임없이 들려왔다. 도로변에서 소리가 들려오는 방향으로 살금살금 다가가 쌍안경으로 살펴보니 솔새류였다. 소리가 매우 독특해서 전에 공부하면서 저장해 놓은 소리들을 찾아 들으니 '긴다리솔새사촌'

이라는 새소리였다. 이 새는 종추
(신종 추가)였다. 종추는 그동안 보
지 못한 새로운 종을 보게 된 걸 뜻하
는 탐조 용어다.

그 자리에서 위치도 바꾸지 않고
끊임없이 당당하게 소리를 내는 이 새
가 신기해 관찰하는 동안 맹순 씨는 벌써

긴다리솔새사촌

텃밭으로 가고 없었다. 나도 한참을 듣다가 텃밭으로 가서 가
지와 고추, 호박 모종 심어 놓은 것에 기둥을 박고 끈으로 묶
어 주는데 새소리가 텃밭에까지 들렸다. 긴다리솔새사촌은
한 번에 멀리 날아가지 않고 조금씩 이동했다. 세 시간쯤 후
에는 다른 아파트 쪽으로 이동해 갔고, 소리가 커서 한동안
소리로 어느 쪽으로 가고 있는지 추측해 볼 수 있었다.

하루는 2층 베란다에서 새를 보고 있던 언니가 사진을 한
장 보냈다. 내가 한참을 보고 싶어 했던 '흰눈썹황금새'라는
새와 비슷해 보였다. 섬에서 죽어 있던 황금새를 한 번 본 적
이 있지만 흰눈썹황금새는 사진으로만 보고 실제로는 본 적
이 없었다.《한국의 새》도감에서 찾아보니 비슷해 보였다.

난 흰눈썹황금새 같다고 소리를 지르고 얼른 언니네 집으로 달려갔다. 언니는 새가 나뭇잎 사이에 숨어 잘 보이지 않는다고 했다. 소리 녹음은 했는지 문자 소리가 들리긴 했는데 녹음이 잘 안 됐다고 했다. 정원으로 나가 새를 찾아보기로 했는데 이쪽저쪽으로 움직이는 모습은 보이는데 한자리에 있지 않다 보니 자세히 관찰하기 힘들었다. 그렇게 몇 시간을 찾아봤지만 보이지 않았다.

언니가 찍은 사진으로 '이웃새관찰모임'이라는 단톡방에 올려 흰눈썹황금새를 봤다고 호들갑을 떠니 '노랑딱새'라고 정정해 주셨다. 너무 서둘러 호들갑을 떤 게 창피했지만 노랑딱새도 처음 본 새라 기뻤다. 오후 한나절 노랑딱새 대소동으로 우리는 무척 들떠 있었다. 이런 모습을 옆에서 지켜보고 있던 맹순 씨는 새가 저렇게 좋을까 싶은 표정으로 두 딸을 신기한 듯 바라보고 있었다.

아파트 정원에서 되솔새, 노랑눈썹솔새, 노랑허리솔새, 울새, 숲새, 힝둥새, 노랑딱새 등, 나그네새를 만나다니!

노랑딱새

아파트 정원은 도시 한가운데에
있는 새들의 섬이었다.

힝둥새

멧비둘기

멧비둘기를 그렸는데 잘 못그려지면
북야가 나요 북야란 말은 전에 혼에서
쓰는 말이에요 마음은 잘그릴려고해도
잘 안그려질때는 북야가 난다고 해요
이나이에 잘 그려지지니는 안밨지만
그래도 잘그렸으 면 더 좋을것 같아요.

멧비둘기를 그렸는데 잘못 그려지면 부아가 나요. 부
아란 말은 전에 촌에서 쓰는 말이에요. 마음은 잘 그
리려고 해도 잘 안 그려질 때는 부아가 난다고 해요.
이 나이에 잘 그려지지는 않겠지만 그래도 잘 그렸으
면 더 좋을 것 같아요.

초록이와 맹순 씨의 아름다운 훈장

사람들은 흔히 비둘기라고 하면 공원에서 사람들이 주는 모이를 받아먹는 비둘기를 떠올린다. 그런 새와는 달리 예전에는 산에서 주로 관찰되어 산비둘기라고도 불렀던 멧비둘기가 있다. 목 옆에 있는 회색과 검은색의 줄무늬가 가장 큰 특징인데, 이 줄무늬는 날개를 접었을 땐 얼룩무늬로 보인다.

사실 새들은 얼굴 생김새가 거의 비슷해서 개체를 구분하기가 어렵다. 그런데 언니네 2층 베란다에 오는 새 중 우리가 처음으로 이름을 지어 준 새가 있다. 바로 멧비둘기 초록이다. 초록이라고 이름 지은 사연이 좀 안타깝다.

초록이는 언니네 베란다에 발을 절뚝이면서 왔다. 멧비둘기는 아파서 바닥도 제대로 못 짚었는데 자세히 보니 발가

락에 가느다란 초록 끈이 칭칭 감겨 있었다. 주로 바닥에서
먹이 활동을 하는 멧비둘기의 특성상 바닥에 뒹구는 끈이 발
톱에 걸려 엉키면서 이렇게 발가락에 감기게 되었을 거다. 줄
에 묶인 발가락은 퉁퉁 부어 있었다.

   우리나라는 전국에 야생동물구조센터가 있다. 경기도 동물
구조센터에 연락해서 초록이의 상태를 이야기했다. 하지만
새를 치료하려면 붙잡아야 하는데 야생의 새들은 쉽지 않다
며 구조할 방법이 없다고 했다. 아파트에서 탐조를 하며 가장
안타까운 순간이었다. 새들에게 유리창 충돌처럼 위험한 일
들이 많은데 최소한 인간이 함부로 버린 쓰레기에 다리를 잃
는 일은 없었으면 얼마나 좋았을까?

아침에 일어나면 멧비둘기와 참새가 나보다 일찍 와서 밥 달라고 울고 참새는 짹짹짹 하고 나보다 부지런해요. 난 일어나지도 않았는데 밥을 주면은 멧비둘기 두 마리는 짝을 지어서 같이 먹고 한 마리는 짝이 없어서 같이 못 먹고 짝 있는 비둘기가 쫓아서 못 먹는 걸 보면 짝이 없어서 안타까워요.

맹순 씨는 멧비둘기가 17층 베란다에 자주 오는 새라 초록이를 안쓰러워하며 걱정했다. 다행히도 우리와 인연을 맺은 초록이는 자주 찾아왔는데 그런 어느 날, 초록이가 여자 친구를 데리고 왔다! 마침 그때가 정원에 먹이가 많아지는 시기여서 베란다 먹이대에 물만 두려던 참이었다. 그런데 초록이가 성하지 않은 몸으로 어떻게 먹이를 찾을까 싶어서 우린 베란다 먹이대를 좀 더 운영하기로 했다. 그러자 한 달이 조금 지나서 초록이는 눈이 까만 새끼 두 마리를 데리고 찾아왔다. 그사이 초록이의 아픈 발가락이 잘려 나갔고 상처도 아물어 있었다. 더 이상 아프지는 않겠지만 초록이는 장애를 가진 멧비둘기가 되었다.

맹순 씨는 멧비둘기가 성치 않은 몸으로 자식들 먹여 살리느라 애쓴다며 애처로운 눈으로 바라봤다. 난 초록이의 떨어져 나간 발가락을 보며 맹순 씨의 몸을 떠올렸다. 맹순 씨가 수술 후 혼자서 세수도 못 하던 때, 목욕을 도우면서 맹순 씨의 휘어진 몸을 처음 보았다. 맹순 씨는 오랜 세월 청소일을 하면서 한쪽으로 밀대를 밀었더니 한쪽 갈비뼈는 툭 튀어나오고 반대쪽은 쏙 들어가 버린 거다. 자식을 먹여 살리느라 제 몸도 살피지 못하고 산 고된 삶의 흔적이다.

맹순 씨는 그 흔적이 남한테 흉하게 보일까 봐 신경을 썼다. 하지만 내 눈엔 엄마의 휘어진 몸이 힘든 세월을 견디며 자식을 잘 키운 훈장처럼 보였다.

발가락이 잘려 나가는 와중에도 가정을 꾸리고 새끼를 낳아 기르는 멧비둘기의 본능. 뼈가 휘어져 변형될 때까지 병원을 찾을 시간 없이 살아야 했던 부모로서의 삶은 혼자인 나로서는 도저히 가늠이 안 된다. 그 고마움을 자식이 다 갚을 수 있을까?

초록이를 바라보는 맹순 씨를 뒤에서 가만히 끌어안았다. 휘어진 작은 몸을 고마움을 한껏 담아서.

참매

딸이 아파트에서 탐조를 하고 들어와서는
아주 신이 났어요 아파트에서 탐조를 하다가
참매를 봤대요.
또 하루는 같은 아파트에 사는 둘째딸이
2층 베란다에서 새를 보고 있다가
참매가 멧비둘기를 잡아서 털을 뽑고
먹는 것을 봤대요 나는 우리집에 오는 멧비둘기
일가봐 걱정되네요.

딸이 아파트에서 탐조를 하고 들어와서는 아주 신이
났어요. 아파트에서 탐조를 하다가 참매를 봤대요.
또 하루는 같은 아파트에 사는 둘째 딸이 2층 베란다
에서 새를 보고 있다가 참매가 멧비둘기를 잡아서 털
을 뽑고 먹는 것을 봤대요. 나는 우리 집에 오는 멧비
둘기일까 봐 걱정되네요.

에이, 아파트에 무슨 참매가 살아!

　아파트 탐조를 하면서 맹순 씨와 언니 외에 다른 요원들이 생겼다. 그중 하나가 형부다. 우리가 베란다에 새 먹이대를 만들고 매일 새 이야기를 하니까 형부도 자연스럽게 탐조에 관심을 가졌다. 형부는 수질 검사를 하는 일을 해서 하천에서 주로 일하다 보니 새를 볼 기회도 많았다. 틈틈이 새를 보면 사진을 찍어 알려 준다. 게다가 시간이 날 때면 엄마 텃밭에서 힘쓰는 일을 도와주는, 늘 고마운 형부다.

　형부는 아침저녁으로 테니스를 쳐서 아파트 단지에 있는 테니스장에서 주로 새를 관찰한다. 그 근처에는 사람의 출입을 금지한 작은 소나무 숲이 있다. 낮에도 어둑어둑해서 우리끼리 음지의 숲이라고 부른다. 한번은 테니스장에서 형부와

새 이야길 나누다가 숲에서 까치가 우는 소리를 들었다. 이소시기라 새끼가 바닥에 있어서 우나 싶었는데 소리가 그치지 않아 무슨 일인가 쌍안경을 들여다보았다.

"어? 뭐지?"

그동안 아파트에서 봤던 새가 아닌 낯선 새가 보였다. 맹금 같은데 잘 보이지 않아서 좀 더 앞으로 가서 보았다.

"세상에! 형부, 참매 같아요!"

"에이, 아파트에 무슨 참매가 있겠어."

형부도 처음엔 믿지 못했지만 촬영을 해서 보니 참매가 무언가를 잡아먹고 있었다. 까치 두 마리가 깍깍대서 혹시 까치 새끼를 잡아먹나 싶었다. 그렇다 하더라도 상대도 안 되는 참매에게 달려들다니 까치가 미련한 건지 용감한 건지 알 수가 없었다. 그런데 참매가 먹이를 먹느라 정신없는 틈을 타서 까치 한 마리가 참매를 휙 걷어찼다. 참매는 비탈진 아래로 나뒹굴었다. 참매는 먹잇감을 끌고 다시 올라왔는데 까치가 계속 귀찮게 해서 먹이도 놓고 날아가 버렸다. 알고 보니 참매의 먹잇감이 된 건 멧비둘기였다. 까치 새끼는 주변 풀밭에 숨어 있었다. 그제야 까치가 참매에게 겁 없이 덤빈 이유를 알았다!

부모를 용감하게 한 까치 새끼

용감한 부모 까치를 보며 새들이 번식 시기에 강심장이 되는 걸 새삼 느꼈다. 평소라면 까치가 참매를 보고 도망가기 바빴을 거다. 그런데 새끼를 지켜야 하는 부모 까치 앞에서 그 어떤 맹금도 별수가 없었다.

이후에 맹금을 탐조하는 분에게 들어서 알게 됐는데, 우리 아파트에서 5킬로미터 떨어진 논과 하천 주변에 참매가 둥지를 틀고 번식했다. 참매가 우리 아파트에서 먹잇감을 가져가지 않고 허겁지겁 먹다 간 걸 보니, 번식이 거의 끝난 참매가 그동안 새끼를 돌보느라 먹지 못해 굶주린 배를 급하게 채우고 간 것이었다.

집에 돌아와 맹순 씨에게 까치와 참매 영상을 보여줬다. 맹순 씨는 참매가 잡아먹은 멧비둘기가 우리 베란다에 오는 멧비둘기일까 걱정했다. 그러며 까치나 참매나 부모가 되어 녹록치 않겠다고 했다.

"우리 키울 때 어땠어?"

"말도 마라. 둘이서 입곱 식구를 벌어 먹여 살려야 하니. 학생이 셋일 때는 점심, 저녁 도시락을 여섯 개나 쌌잖어."

맹순 씨는 도시락을 싸느라 동이 트기도 전에 일어났다고 했다. 정신없이 도시락을 싸고 아침을 준비한 맹순 씨는 아이들이 일어나기도 전에 일하러 나갔다.

"목장으론 벌이가 시원찮았어. 그래서 아빠는 노가다 뛰고 난 떡장사에 청소일까지 해서 느그들 대학까정 가르친 거여. 동양매직 옆에 살 때는 그 사무실 청소를 했는데 아침 일곱 시까지 들어가야 해. 새벽 네 시에 일어나서 아빠랑 같이 소젖 짜고 아빠는 노가다를 가. 그러면 내가 낮에 먹일 사료 개어 놓고 소 내몰아놓고 일곱 시까지 사무실로 뛰어갔제. 점심엔 열두 시 전에 밥을 먹고 목장에 또 뛰어가. 가 보면 소들이 문 앞에 다 붙어 있어. 끈을 풀어 놓으면 소들이 대가리가 터져라 달려 나와. 앞장서 먹을라고. 먹기만 허면 또 풀어 놓고 저녁 사료 개어 놓고 한 시까지 들어갈려면 또 똥이 빠지게 달려야지. 저녁에 미리 와서 소젖을 짜고 있음 아빠가 일곱 시쯤 집에 와. 소 몰아넣고 똥은 같이 치우고 내일 아침 먹을 사료 또 개어 두지."

"아이고, 그때 엄마 고혈압도 있지 않았어?"

"혈압이 높은 줄도 모르고 살았지. 한번은 사료 포대를 옮기는 도중에 엎어져서 앞니도 깨졌고, 그때 혈압이 그렇게 높았는데도 재 볼 생각도 못 했어. 혈압 때문에 또 얼마나 애를 먹고. 결국에는 아주대 가서 이렇게 심장 수술까지 하게 되뿐 거지."

　누구 하나 도와주는 사람 없이 남편과 치열하게 일곱 식구 삶을 살아온 맹순 씨는 지금은 17층 베란다의 새 먹이대에 물과 해바라기씨를 놓아둔다. 새 이웃들이 조금이라도 편히 목을 축이고 배곯지 말라면서 말이다.

황조롱이

오늘도 교회에 못가고 집에서
예배드렸읍니다 어서코로나19가 끝나야 마음놓고
교회가서 예배를 드려야 하는데 너무 힘드네요 오늘은
약간에 기침이 나와서 뒤 신경쓰고 있어요 밖에로안나
나가고 어게 막내아들이 죽을 많이 사와서 오늘로 딸
하고 같이 죽을 먹었읍니다 딸은 새보는 체험을 합니다
동네한 바퀴를 돌면은 여러종류에 새를 본답니다 까
치가 집을 지어 새끼를 낳아서 길러 날아는걸 보았답니다

오늘도 교회에 못 가고 집에서 예배드렸습니다. 어서
코로나19가 끝나야 마음 놓고 교회 가서 예배도 드리
고 하는데 너무 힘드네요. 오늘은 기침이 약간 나와
서 더 신경 쓰고 있어요. 밖에도 안 나가고 어제 막내
아들이 사 온 죽을 오늘도 딸하고 같이 먹었습니다.
딸은 새 보는 탐조를 합니다. 동네 한 바퀴를 돌면서
여러 종류의 새를 본답니다. 까치가 집을 지어 새끼
를 낳아서 길러 나가는 것을 보았답니다.

베란다에 둥지 튼 천연기념물 황조롱이

우리 아파트엔 천연기념물인 황조롱이가 산다. 20층 베란다에 까치가 지어 놓은 둥지를 빌려서 말이다. 황조롱이는 둥지를 직접 짓지 않고 까치가 사용했던 묵은 둥지에서 번식한다. 우연히 20층에서 이뤄지는 황조롱이 새끼의 이소를 봤다. 올려다보느라고 목이 아팠지만 새끼를 응원하는 부모 새의 소리 덕분에 황조롱이 새끼가 둥지에서 날아가는 장면을 본 거다.

황조롱이가 사는 베란다 집에는 사람이 안 사나? 황조롱이가 시끄럽게 우는데 창밖을 내다보는 사람이 없는지 궁금해졌다. 난 용기를 내어 20층 집에 찾아갔다.

"누구세요?"

"안녕하세요. 저는 옆 동에 사는 아파트 주민인데요, 댁의 실외기에 천연기념물 황조롱이라는 새가 둥지를 틀어서 한번 살펴보고 싶어서 연락드렸어요. 실례가 안 된다면 한번 들어가서 살펴봐도 될까요?"

20층 주민은 잠시 고민하는 듯했으나 문을 열어 주었다. 그 집은 베란다 확장 공사를 해서 베란다 창 바로 앞에 커다란 안마 의자가 놓여 있었다. 실외기가 있는 쪽은 블라인드로 가려져 있었고, 전혀 열어 보지 않는다고 했다. 고3 수험생은 공부하느라 늦게 들어오고 부부도 둘 다 일을 해서 낮에는 집에 거의 없다고 했다.

"어제 이소를 할 때 보니까 부모 새가 옥상에서 어서 나오라고 소리를 계속 내던데 그 소리는 못 들으신 거죠?"

"네 전혀 못 들었어요. 다만 어디선가 무슨 소리가 들리는 것 같기는 했는데 새소리라는 생각은 전혀 못했어요."

보통 사람들이 새소리를 인식하기 전까지 새소리인지 모르기도 하고, 소리 자체를 인식하지 못하고 살아간다. 나도 새를 만나기 전인 2015년까지는 그랬다. 그러다 새를 만나기 시작하면서부터 새가 우리 주변에 이렇게 많이 존재한다는 것을 알고 적잖이 놀랐다. 날아다니는 모습뿐만 아니라 새들이 내는 소리가 배경처럼 늘 언제나 깔려 있었는데 새 자체를 인식하지 못하다 보니 없는 것과 마찬가지였다.

그 후 몇 주 지나지 않아 20층 이웃에게 연락이 왔다. 황조롱이가 알을 하나 낳았다면서 말이다. 곧이어 알을 다섯 개 낳은 소식과 알에서 새끼가 깨어나 커나가는 모습을 사진으로 전해 주었다.

황조롱이 새끼의 마지막 이소가 6월 10일에 있었는데 당시 여름이 일찍 찾아와 6월인데도 아침 기온이 28도가 넘었었다. 고3 수험생도 있었는데 황조롱이를 생각해 에어컨도 틀지 않고 창문도 열지 못했단다.

그래도 황조롱이가 자라는 모습을 보며 가족 모두 행복한

날을 보냈다는 기쁜 소식도 전해 주었다. 베란다에 찾아온 황조롱이 덕분에 새라는 존재를 알게 되었다고, 평생 못 잊을 것 같다고도 했다. 나도 서로 일면식도 없던 다른 동 주민과 연락을 주고받는 사이가 된 걸 보면 황조롱이가 명물은 명물인가 보다.

우리 아파트에서 황조롱이를

황조롱이 새끼들

볼 수 있던 건 아마도 아파트 반대편에 논밭과 황구지천이란 하천이 있기 때문일 거다. 논밭과 하천 그리고 아파트에는 황조롱이가 좋아하는 쥐가 많으니 먹이를 구하기도 쉽다. 또 절벽에 주로 사는 황조롱이에게 고층 아파트가 절벽처럼 생겼으니, 황조롱이가 살기에 딱 좋았을 거다. 그런데 난 새들을 볼 때마다 나에게 묻는다.

'베란다에 둥지를 지은 까치와 황조롱이는 불청객일까? 이웃일까? 아니면 우리가 그들의 불청객일까?'

쉽사리 답이 나오지 않는다.

콘 유리새

새파래서 콘 유리새래요 우리 아파트에
왔다가 딱새 한태 쫓겨났대요

새파래서 큰유리새래요.
우리 아파트에 왔다가 딱새한테 쫓겨났대요.

텃새들이 부리는 텃세

봄부터 초여름 무렵, 여름 철새들이 남쪽에서 번식을 하러 우리나라에 온다.

얼마 전에 참매를 본 음지의 숲에 딱새가 둥지를 틀었다. 딱새는 조용한 텃새다. 텃새는 철새처럼 계절마다 자리를 옮기지 않고 한 지방에서만 사는 새다.

조용한 딱새가 둥지를 틀었다는 걸 어떻게 알았을까? 딱새 둥지 근처를 지날 때마다 딱새 부부가 나타나 경계하는 소리를 계속 냈기 때문이다. 난 둥지를 일부러 찾지 않고 그곳을 지날 때면 조용히 다녔다. 그런 어느 날 딱새가 너무 심하게 경계를 하는 거다. 그래서 주변을 살피니 못 보던 새가 앉아 있었다. 파란색이 짙은 새, 여름 철새인 큰유리새였다!

큰유리새는 산림에서 번식하는 여름 철새라서 도시나 아파트에서는 좀처럼 보기 어려운 새다. 머리 꼭대기부터 등까지 파란색을 띠고 있어서 사람들이 흔히 파랑새라고 착각한다.

난 큰유리새를 보자마자 순간 호흡이 가빠지면서 얼른 기록해야겠다는 생각으로 촬영하려고 카메라를 꺼내는데 딱새가 큰유리새를 공격했다. 크기로만 보면 여름 철새인 큰유리새가 16.5센티미터로 14센티미터인 딱새보다는 우위에 있었다. 하지만 텃새인 딱새가 큰유리새를 밀어냈다. 먼 길을 날아서 고단한 몸으로 도시 한가운데 숲이 보이자 우선 내려앉고 봤을 텐데. 큰유리새는 힘 한 번 써 보지 못하고 쫓겨나고 말았다.

딱새는 새끼를 지키려고 둥지 가까이에 온 큰유리새를 쫓아냈다. 그 맘도 이해가 가지만 지친 큰유리새가 잠시 머무는 것조차 용납되지 않는 타향의 삶이 고단하게 느껴졌다. 큰유리새는 그길로 쫓겨나 아파트에서는 여름 내내 단 한 번도 관찰되지 않았다.

텃새에게 쫓겨간 새는 큰유리새만이 아니었다. 꾀꼬리도 마찬가지였다. 여름이 가까워지면 혹시나 여름 철새가 아파트에 번식을 하러 오지 않을까 늘 기대를 하며 기다린다. 그

애타게 기다린 여름 철새 꾀꼬리

중 하나가 꾀꼬리다. 꾀꼬리가 우는 소리는 여러 번 들었는데 모습을 보지 못해 애태우던 중 드디어 꾀꼬리를 만나게 되었다. 그런데 잠시 와서 쉰다고 앉은 자리가 하필 까치들이 반상회를 하던 나무였을 줄이야. 집단으로 달려드는 까치 등살에 밀려 꾀꼬리는 쫓기듯 줄행랑을 쳤고 그 뒤로 모습을 다시 보지는 못했다.

집에 와서 맹순 씨에게 꾀꼬리 이야기를 들려주니 맹순 씨는 까치 흉을 봤다. 텃새가 텃세를 부린다면서 말이다.

맹순 씨는 목장일이며 청소일이며 일을 가리지 않고 했다. 그중에서 맹순 씨가 무용담처럼 이야기하는 게 바로 떡장사다. 떡집에서 떡을 한 대야 가득 산 맹순 씨는 버스를 여러 번 갈아타며 안산 반월공단에 갔다. 무거운 대야를 머리에 이고 공단에 겨우 도착했는데 먼저 자리 잡은 장사꾼들 텃세가 심했단다. 자릴 하나 내 주지 않아 비집고 들어가 앉으니 떡이 담긴 대야를 내동댕이쳤단다. 같이 좀 먹고 살자고 사정해도 들어주는 이가 아무도 없었다. 그래도 맹순 씨는 포기하지 않고 계속 큰 대야에 떡을 담아 갔다. 그러다 자릴 하나 얻고 하나둘 단골이 생겼다. 바깥출입도 못하게 한 엄한 아버지 밑에서 곱게 자란 처자가 기 센 시장판에서 자리싸움을 하리라고는 누가 상상이나 했을까? 맹순 씨는 떡장사 벌이가 쏠쏠해서 자식들 학비를 대느라 빠듯했던 그 시절을 버틴 큰 자양분이었다며 자랑스럽게 말했다.

맹순 씨가 텃세를 이겨 낸 건 자식들을 굶기고 싶지 않은 마음 때문이다. 우리 아파트의 텃새들이 자기보다 큰 여름 철새에게 텃세를 부리는 것도 자기 새끼들을 지키기 위해서고, 여름 철새들이 먼 길을 날아 오는 것도 좋은 환경에서 번식하기 위해서다. 모두 자기 새끼들을 위하는 건데, 탐조인으로서 아파트에서 꾀꼬리나 큰유리새와 같은 여름 철새를 짧게만 보는 게 참 아쉽다.

6월 8일 화요일 아침에는 멧비둘기 한마리와 참새가
떼로와서 멧비둘기를 괴롭히고 있습니다 그러자 참새가
날아가고 혼자서 잘먹고 있는데 또다른 비둘기가 와서
쫓았더니 이곳밖는 안경을 썼는데 눈이 아물려거려서 왔다갔다
해요 요즈음들 복지런해야 먹을수있어요 외나하면 한번만 죽이가요
멧비둘기 세마리가 와서 서로먹겠다고 쌈질이네요

6월 9일 수요일 아침이여 새들이 전쟁터 갈아요 멥
비둘기 세마리가 서로 싸우고 까치까지 그사이에 참새까지
끼어서 서로 먹겠다고 아우성 치는 것을 볼때 집안에서
이런 구경을 달구 눈게 재밌었어요 요즈음은 밥을 한 번반 주니깨요
물은 계속 떠둫치요 와서 물이라도 먹고 가지요

6월 10일 목요일 아침에도 새들은 일찍와서 먹이달라고 야단이에요
오즈음은 내가 허리가 아파서 딸이 밥이먹이를 줍니다
그래도 여러마리 새가 17층까지 와서 물도 먹고 먹이도 먹고 놀다
가는 것이 고맙지요 특히 참새는 여린데도 높은데 와서 먹는걸 보면지다워요

6월 11일 금요일 비가 오다가 그쳐서 새 새벽 이를 챙내요 주변을
맛있게들 먹는 모습이 귀여워요 더 주고 싶지만 활동해서
찾아먹으라고 한번만 주고 있어요 건물에는 늘도
업고 메말라 있어서 먹이 찾기가 힘드니까 겨울에는
많이 줍니다 한번만 주니까 더달라고 한경간아서
유려보 안으로 들떠다 녀어뫄면서 기웃게려요 이상 한즈

비가 오다가 그쳐서 새 먹이를 줬네요. 주면 맛있게
들 먹는 모습이 귀여워요. 더 주고 싶지만 활동해서
찾아 먹으라고 한 번만 주고 있어요. 겨울에는 눈도
덮이고 메말라 있어서 먹이 찾기가 힘드니까 겨울에
는 많이 줍니다. 하루에 한 번만 주니까 더 달라고 하
는 것 같아서 웃겨요. 안을 들여다보면서 기웃거려
요. 이상한 듯.

어디 가서 배는 곯지 마렴

"사람이나 짐승이나 새끼를 위하는 부모 마음은 똑같구나!"

여름이 되어 새 먹이대로 새끼들을 데리고 온 참새를 보며 맹순 씨가 말했다. 참새 어미가 자기와 덩치가 똑같은 새끼에게 들깨를 까서 먹이고 있었다.

이후로 참새는 새끼를 데려와 여기가 먹이터라고 알려 주듯, 새끼만 남겨 놓고 내려가기도 했다.

참새는 봄에 1차 번식을 한다. 번식 시기는 보통 새끼를 기르는 데 필요한 먹이가 나오는 시기와 일치하는데, 봄에는 새끼에게 먹일 게 풍부한지 맹순 씨의 새 먹이대가 있는 17층까지 올라오지 않았다. 그러다 7월 어느 날 부모 참새가 어린 참새들을 17층까지 데리고 올라왔다. 새끼들을 데리고 오느라 17층까지 한번에 날아오지 않고 3층, 5층, 10층 순으로 층을 나눠 올라왔다.

아파트 정원 여기저기에 먹이가 많을 텐데 왜 군이 17층까지 새끼들을 데리고 힘들게 올라왔을까? 이 궁금증은 금세 풀렸다. 아파트 단지에서 수목 소독하는 걸 보고 말이다. 수목 소독 때문에 참새가 17층까지 올라왔다고 백 퍼센트 확신할 수는 없었다. 하지만 그 무렵 수리해서 추가로 달아 두었던 인공 새집에 둥지 작업을 하던 참새들이 일제히 떠나 버렸다. 인과 관계를 확신할 수는 없지만 해충을 없앤다고 뿌리는 독한 약을 새들이 반길 리는 없다.

작은 새 한 마리가 일 년에 잡아먹는 벌레의 수가 십만 마리 정도 된다고 한다. 박새의 경우 열 마리 이상의 새끼도 길러내니 한 가족이 일 년 동안 잡아먹는 벌레의 수는 백만 마리가 넘는다고 해도 틀린 말은 아닐 듯 하다.

아파트에서 수목 소독이 시작되는 시기는 안타깝게도 번식기에 새끼들의 먹이인 애벌레가 나오는 시점과 일치한다. 수목 소독은 여름 내내 진행되다가 더위가 사그라질 무렵에 줄어드는데, 새들의 번식이 끝날 때다. 새끼를 제대로 키우기 어려운 환경이다.

새끼에게 벌레를 먹이는 직박구리

새끼는 둥지를 떠날 때가 되면 이미 몸의 크기는 부모와 차이가 나지 않을 만큼 성장해 있다. 그래서 얼핏 보면 깃털 모양새만 다를 뿐이다. 그런데도 부모 참새가 들깨 껍질을 까서 새끼에게 먹여 주는 걸 보고 있으면 새끼가 참 철없어 보인다. 한편으론 부모 참새도 극성처럼 보인다. 그래도 새들이 독립할 때가 되면 먹이를 달라고 조르는 새끼를 단호히 내친다. 노인이 되어도 자식을 품에 안고 사는 사람과 비교하면 야생동물의 양육 방식엔 단호함이 있다.

"자식 새끼 먹는 모습만 봐도 하루 피곤이 싹 풀리지."
새끼에게 먹이를 먹이는 참새를 보다가 맹순 씨가 지난 이야길 푼다.

"느그들 셋이 다 학생일 때는 하루에 도시락을 여섯 개를 쌌어. 수원 남문 가서 장을 보면 손가락에 비닐봉지를 다 못 낄 정도로 봐서 버스를 타고 와. 그러면 아빠가 리어카로 정류장까지 데리러 오는데 리어카로 하나 가득이여. 오징어포도 관으로 사고, 달걀도 한 판씩 사서 오고, 우유에 타 먹는 과자도 박스로 사고. 그때는 도시락 반찬으로 오징어포랑 달걀말이가 제일 좋은 거였어. 바쁜데 어떻게 만들어서 싸 줬는지 모르겠어."

"그때는 오징어포가 지금처럼 이렇게 안 비쌌어? 지금은 비싸잖아."

"왜 안 비쌌겄어. 비싸도 어쩔 수 없잖아. 그러니 오빠 졸업하고 춘웅이 군대 가고 나니 니 하나였는데 너도 대학교 가니까 얼마나 수월했는지."

맹순 씨는 옛날에는 쌀 한 톨이 아까워서 벼를 빨아 먹는 참새를 쫓느라 바빴었다. 야단스럽게 "훠이, 훠이!" 하고 참새들을 쫓아내던 맹순 씨가 참새가 좋아한다고 쌀을 먹이로 대고 있다. 없는 살림에도 자식들 입으로 들어가

쌀을 먹는 참새들

는 도시락 반찬은 좋은 걸로 만들어서 먹이고 싶었던 맹순 씨 마음이나 수목 소독으로 독한 약이 묻은 먹이를 피해 17층 먹이대까지 새끼들을 데리고 오는 참새나 다 같은 부모 마음이구나 싶다.

곤줄박이

딸이 자주 탐조를 다녔어요 가끔 같이 다니는
친구가 곤줄박이 어린새 사진을 보내줬는데
어린새는 다 귀여워요 바닥에 웅크리고 있는데
발가락이 크지만 좀 어설퍼요 어린새가 살아
갈려면 어려운 일이 많겠지요 우리집 베란다에도
참새가 새끼를 데리고 와서 먹는 모습이 보기좋아요

딸이 자주 탐조를 다녔어요. 가끔 같이 다니는 친구
가 곤줄박이 어린 새 사진을 보내 줬는데 어린 새는
다 귀여워요. 바닥에 웅크리고 있는데 발가락이 크지
만 좀 어설퍼요. 어린 새가 살아가려면 어려운 일이
많겠지요. 우리 집 베란다에도 참새가 새끼를 데리고
와서 먹는 모습이 보기 좋아요.

새들의 여름 목욕탕

먼 곳에 가서 새를 볼 때는 그저 신기한 새를 한 종이라도 더 본 게 좋았었다. 하지만 아파트 정원에서 새를 만나면서 새들이 나의 이웃인 것만 같았다. 그래서 날이라도 궂으면 텃새들이 어떻게 지내나 궁금해졌다.

날은 점점 더워지고 폭우도 갑자기 쏟아지던 여름날, 새들은 어떻게 지낼까?

새들에겐 땀을 배출하는 땀샘이 없다. 그래서 새들은 입을 벌려 체온을 떨어뜨리거나 목욕을 해서 체온을 조절한다. 물론 새들이 씻는 이유가 체온을 조절하는 것만은 아니다. 깃털을 최상의 상태로 유지하고 미세먼지나 세균을 씻어 내서 진드기와 같은 기생충을 없앤다. 그래서 2층과 17층 베란다 먹이대에선 여름이면 물을 더 자주 갈아 놓는다.

새들은 하루에 보통 두 번 정도 목욕을 하는데 도심에선 새들이 물을 구하기가 어렵다. 우리 아파트만 해도 새들이 물을 구할 수 있는 곳이 없어서 2층과 17층 베란다에 작은 물그릇을 두었다. 처음에는 작은 그릇에 물을 담아 두었는데 그 작은 그릇에서 새들이 옹기종기 모여 목욕하는 것을 보고 큰 그릇으로 바꿔 줬다. 그런데 새들은 큰 그릇이 부담이 되었는지 그다음부터는 목욕을 하지 않았다. 다시 원래 그릇으로 바꿔 주니 목욕을 하기 시작했다. 나중에 알아보니 물그릇은 클 필요가 없었고, 약 2~3센티미터 깊이의 물이면 되었다. 물론 세균이 번식하지 않게 물을 자주 갈아 줘야 한다.

2층 베란다 새 목욕탕에 가장 많이 오는 손님은 직박구리다. 하루에 두 번 정도 목욕을 하고 물도 자주 먹는 편이다. 처음에 곤줄박이가 자주 왔었는데 쇠박새와 박새가 자주 오고, 결정적으로 참새가 2층 베란다의 주 고객이 되면서 곤줄박이는 새 목욕탕을 이용할 용기를 내지 못했다. 철새들도 먹이를 먹고 물을 마시기는 했지만 목욕하는 모습은 보지 못했다. 참새도 겁이 많아서 떼로 몰려다니면서 목욕은 하지 않았다. 덩치가 있는 멧비둘기는 목욕을 양껏 하지는 못했고 물그릇에 발을 담그고 있는 것으로 만족했다.

목욕을 하는 새들 중에서 가장 귀여운 건 역시 텃새들의 새끼들이다. 참새와 박새, 딱새 새끼들이 태어난 지 얼마 안 돼 어설픈 몸짓으로 먹이대에 와서 부모들이 목욕하던 모습을 흉내 냈다. 눈을 동그랗게 뜨고 목욕하며 주위를 살피는 모습은 언제 봐도 사랑스럽다.

하지만 더운 날에도 베란다 새 목욕탕에 오지 못하는 새들이 있다. 한창 새끼를 키우고 있는 부모 새들이다. 부모 새들은 새끼를 키우느라 제 몸 하나 가꿀 틈도 보살필 틈도 없다. 오로지 번식을 위해 세상에 태어난 것처럼 목숨을 다해 새끼를 키워 낸다. 여름 아파트 정원은 새끼를 키우는 부모들로 가득한 새들의 번식지기도 하다.

보통 새를 보는 사람들은 여름에는 볼 새가 없다고 한다. 생각해 보면 여름에 탐조를 하러 어딘가로 갔던 기억이 없다. 하지만 아파트의 여름은 달랐다. 생명이 가득했다. 새끼의 지저귐을 들은 부모 새의 심장은 빨라지고 조금 더 많이 조금 더 빨리 먹이를 새끼에게 주

참새 새끼

려고 한다. 그렇게 새끼를 키우며
부모 새는 목욕 한 번 하지 못하
고 제 입으로 먹이가 들어갈 틈이
없다.

오목눈이 새끼

  봄날 짝을 찾던 시기의 아름다
운 깃털과 아름다운 노래를 부르던
목소리는 사라지고 깃털 정리 한 번 하지 못한 부모 새는 꾀
죄죄함 그 자체다. 어쩌다 먹이를 물고 있는 부모 새를 만나
게 될 때가 있다. 둥지를 들킬까 봐 부리 가득 먹이를 물고 있
으면서 내가 어서 사라지기를 불안한 눈으로 쳐다본다. 새끼
들이 혹여라도 소리를 낼까 계속 지저귀며 조용히 있으라고
하면 새끼들은 쥐 죽은 듯 둥지에서 조용히 엎드려 있다. 그
럴 때면 얼른 그 자리를 떠나면서 부모 새에게 고생이 많다고
응원의 눈빛을 날려 준다.

서울에 녹색 여름전시회에 다녀왔습니다
경치도 좋고 가는 길에도 너무 좋았습니다
딸 둘하고 같이 가니 더 좋았습니다 텃 밭에서
나는 채소 와 잎사귀 이런것들로 그림을 그리고
오가는 길에 예쁜 꽃이 있으면 민들레도 꽃이피어
있버서 사진을 찍어와서 그리고 가을엔 은행잎
단풍잎 이런것도 주어와서 그리고 호미와 괭이
삽 텃밭에 필요한 도구도 그리고 이것 저것 그리다가
이제는 새에 대해 딸이 아파트에서 본 새를 사진을
찍어다가 내핸드 폰에 놓어 주면 보고 그림을 그린
것이 예쁘다고 해서 새사진을 워크로 해서 교수님이
전시회를 하자고 해서 그리고 처음에 그린 그림이 그렇게
새롭게느껴진다고 왜냐 하면 지난설에 손자. 손녀. 들
한태 새그림을 그리고 사랑한다고 몇마디씩 써서설에
새배돈 하고 같이 주었는데 그 그림와 글이 너무 감격스
럽다고 해서 그 그림을 빛냅니다
기분이 좋아요

서울에서 열리는 녹색여름전에 다녀왔습니다. 경치도 좋고 가는 길도 너무 좋았습니다. 딸 둘하고 같이 가니 더 좋았습니다. 텃밭에서 나는 채소와 잎사귀 이런 것들로 그림을 그렸고 오가는 길에 예쁜 꽃이 있으면 민들레도 꽃이 피어 예뻐서 사진을 찍어 와서 그리고 가을엔 은행잎 단풍잎 이런 것도 주워 와서 그리고 호미와 괭이, 삽, 텃밭에 필요한 도구도 그렸어요. 이것저것 그리다가 이제는 딸이 아파트에서 본 새를 사진을 찍어다가 내 핸드폰에 옮겨 주면 그 사진을 보고 그림을 그렸어요. 그 그림들이 예쁘다고 해서 새 사진을 위주로 교수님이 전시회를 하자고 했고, 처음 그린 그림이 새롭게 느껴진다고 해요. 지난 설에 손자, 손녀들한테 새 그림을 그리고 사랑한다고 몇 마디씩 써서 설에 세뱃돈하고 같이 주었는데 그 그림과 글이 너무 감동적이라고 해서 그 그림을 보냈습니다. 기분이 좋아요.

맹순 씨, 새 그림으로 새처럼 날아오르다

맹순 씨가 새 그림을 그리기 시작한 지 몇 달 되지 않았을 때 SNS에 콩새 그림을 올려놓은 적이 있다. 부리부리한 눈에 발이 하나밖에 보이지 않아 발을 하나만 그린 겨울 철새인 콩새 그림을 보고 그린디자이너 윤호섭 교수님한테 연락이 왔다.

"맹순 씨의 그림들을 '녹색여름전' 전시에 전시하면 좋겠습니다."

녹색여름전은 윤호섭 교수님이 십 년 넘게 여름마다 여는 전시로 그린디자인 교육의 결과물을 보여 준다. 아이, 어른, 작가와 아마추어 구분 없이, 이 세상의 누구나 작가가 되는 특별한 전시다. 그 특별한 전시회에 맹순 씨 그림이 초대된다는 사실이 무척 반가웠다.

너무나도 기쁜 마음에 맹순 씨에게 얼른 이 소식을 전했다.

"아이고, 부끄럽다. 그 그림이 뭐가 예쁘다냐? 화가 선생님들이나 하는 전시를 내가 한다니 말이 되냐."

맹순 씨는 기가 막힌다면서 웃었지만 기쁜 내색을 숨기지는 못했다. 난 맹순 씨를 대신해서 윤호섭 교수님과 이야기하면서 콩새 그림과 손자들에게 선물로 그려 준 그림들을 전시하기로 했다.

윤호섭 교수님은 일상에서 보는 새를 순수한 손과 마음으로 그린 맹순 씨의 그림들을 귀하게 여겨 주었다. 전시 첫날 전시회장에서 맹순 씨는 자기가 그린 새 그림으로 만든 포스터를 보며 가슴이 벅차오르는 것 같았다.

〈맹순씨 텃밭〉이라는 다큐멘터리 영화를 찍으며 맹순 씨가 처음 그림을 그렸는데, 영화를 끝맺으며
"나중에 전시회도 해 보면 어때?"라고
농담처럼 했던 이야기가 현실이 된 것
이다.

윤호섭 교수님이
SNS에서 보고
전시회 참여를 요청한
맹순 씨의 콩새 그림

2020
녹색여름전
GREEN SUMMER

2020. 8. 31(월) - 9. 30(수)

그린캔바스(북한산우이역 2번 출구)

오전 11시 - 오후 5시

휴관 없음, 입장료 없음

주최 | 그린캔바스
후원 | 대지를위한바느질, 빼기더하기활동,
      송석교육문화재단, abad, GCL FARM,
      Revelope, STAEDTLER

미색모조지 70g / Soy Ink

환경을 위해
버려지는
부분 없이 인쇄된
녹색여름전 리플릿

환경을 위하는 그린디자인 전시답게 독특하고 재미있는 작품들로 전시장이 채워져 있었다. 이끼를 테이프로 돌돌 뭉쳐서 만든 공과 바다의 마음을 품은 유리 조각, 평화나무농장에서 건강한 풀을 먹고 자란 소의 똥, 못 쓰는 종이에 책《나무를 심은 사람》을 필사한 작품 그리고 78세에 그림을 그리기 시작한 맹순 씨의 새 그림까지! 모두가 당당한 주인공이 되는 재미있는 전시였다.

윤호섭 교수님은 맹순 씨에게 전시장에 있는 작품들을 하나하나 정성스럽게 소개해 주셨다. 평범한 할머니인 맹순 씨의 그림을 작품이라고 불러 준 교수님의 마음이 지금까지도 참 감사할 뿐이다. 게다가 교수님은 리플릿 표지도 정해져 있었는데, 맹순 씨 새 그림이 좋다며 바꿔서 다시 준비해 주셨다.

생애 첫 전시회가 열리는 전시장을 다녀온 그날 밤 맹순 씨는 신이 나서 침대에 누워서도 싱글벙글 기쁨을 참지 못했다. 국민학교밖에 안 나온 내가 전시회라니, 이게 말이 되냐며 맹순 씨는 세상에 없던 일이 일어났다며 신이 나서 잠도 쉽게 이루지 못하는 눈치였다.

세상에서 엄마 그림을 가장 좋아하는 나는 그 그림의 첫 번째 관람자다. 맹순 씨의 그림은 어쩌면 새를 좋아하는 딸에게 들려주는 연서일지도 모르겠다. 새를 그리는 일도 좋지만 새 그림을 보고 얼굴 가득 환한 미소를 지을 딸의 얼굴을 보고 싶어서 더 열심히 그렸을 거다. 언제나 자기보다 자식을 먼저, 손자를 먼저, 사위와 며느리를 먼저 생각하는 맹순 씨니까 말이다.

소영아 할머니가 소영이 사랑하는 마음으로
그림과 글을 써본다 소영이 어릴적 때 할머니
한테 쓴 편지 지금도 있다. 어린 소영이가
커서 중학생이 된다니 애기되니 할머니네
하고 놀던 생각이 난다. 엄마 아빠나 사랑
해주고 정들이 된봐도 사랑하고 사이좋게 저
내야 해 국민 학교에 혼자 가면 불편할지도
몰라 잘 달래주고. 할머니가 소영이 사랑한다

정우야 할머니가 혼자를 그리워하는 마음으로
그림과 글을 써본다. 어렸을때는 언제크나 하였는데
벌써 어느새 고등학생이 된답니다 엄마 아빠나가
고생하죽었다. 너희 형제 튼튼하게 커줘서
고맙다. 앞으로도 열심히 해서 꿈을 대한가고.
그러러면 할머니가 건강 해서 아프지 않고 살
아야 겠다는 생각이 든다. 정우야 사랑한다

덕우야 할머니가 사랑한 줄 알 지 보고
싶고 또 보고 싶어 못그린 그림이지만 예쁘게
그렇다고 생각해. 할머니 마음이니가. 맘대로
예쁘고 건강하게 커줘서 고맙다. 엄마 아빠
말씀 잘 듣고 형. 누나 있어서 덕우는 행복할거야.
나중에 키법면 않아 형. 누나. 있어서 꿈을 될.
지금은 몰라 덕우야 건강해라. 사랑한다

정훈아 사랑한다. 이그림은 할머
마음이다. 정훈이 아프지 않는게 할
머니 소원이야. 새해에는 아프지말고
건강하게 공부도 열심히 하고 누나 하고
도 잘 지내고 누나는 이제 중학교가니
올해든 국민 학교에 혼자 가야 겠네. 좀
섭섭할까 괜찮지 정훈이 사랑해

전시회에 간 맹순 씨의 새 그림 편지들

되새

딸 집에 가서 보니 나뭇잎도 먹고 딸 집에 떠더놓은
물도 먹고 무슨 새냐고 물었더니 되새라고 한다
왜 되새라고 할까요 이름이 오게서 물어 봤다.

딸 집에 가서 보니 나뭇잎도 먹고 딸 집에 떠 놓은 물
도 먹고 무슨 새냐고 물었더니 되새라고 한다. 왜 되
새라고 할까요? 이름이 웃겨서 물어보았다.

엄마는 늘 지금이 젤 예뻐!

한 달 동안 이어지던 녹색여름전이 끝날 무렵 기세등등하던 여름 더위가 슬슬 꼬리를 내리기 시작했다. 더위가 한풀 꺾이자 슬슬 겨울 철새들이 기다려졌다.

"끼룩끼룩."

기러기는 가을이 되면 전국 어디에서나 만날 수 있는 새다. 새를 잘 알지 못하는 사람들도 대부분 기러기는 익숙하게 알고 있다.

"뭐 그리고 있어?"

"니가 저번에 저 앞 논에서 봤다고 보여 준 기러기 그려 보고 있지. 맨날 작은 새들만 그리다가 크게 그릴라니께 잘 안 되는구만."

큰기러기

   그 무렵 우리는 하나의 프로젝트를 시작하고 있었는데 바로 우리 아파트에 온 새들을 맹순 씨가 그림으로 그려 우리 아파트 새 지도를 만들기로 한 것이다. 맹순 씨는 그 새 지도에 들어갈 그림 작업을 하고 있는 거였다.

"그래도 엄마처럼 귀엽게 그렸네."

"나이 들어 얼굴 쭈굴쭈굴해진 엄마가 그렇게 이쁘냐?"

"살면서 지금이 제일 예쁜 것 같아."

   말만 들으면 흡사 연애를 하는 것 같은 사이다. 맹순 씨와 난 서로 그리워한 시절이 많았다. 난 대학을 졸업하고 문화 기획을 한다고 회사를 차렸다. IMF를 맞아 4년이라는 시간을 어렵게 버티다 사업을 접어야 했다. 버젓이 대학까지 나와서는 저러고 산다며 아버지한테 잔소리를 듣던 나에게 맹순 씨는 언제나 버팀목이 되어 줬다. 나보다 더 간절하게 나의 좋은 시절을 기다려 준 맹순 씨.

중국에 해외봉사단원으로 2년을 다녀오는 동안에도, 돌아와서 청주로 내려가 5년을 살다가 다시 놀이 치료 공부를 한다고 대학원에 들어갈 때도 맹순 씨는 묵묵히 날 기다려 줬다.

내가 세상으로 나가 하고 싶은 일을 하며 살아가는 동안 맹순 씨는 같은 자리에서 늘 나를 기다리며 응원했다. 언제나 자기 자신은 뒷전에 놓은 채 말이다.

하루는 맹순 씨에게 물었다.

"새 그림 그리는 게 뭐가 재밌어?"

"처음에는 어려운디 요샌 손가락으로 이렇게 모양을 대충 잡아 봐. 그러고 나서 내가 그릴 새를 자주 관찰해 봐. 니가 보내 준 사진 중에서 이쁜 놈으로 골라서 똑같이 그려 볼라고 애를 쓰제. 누가 욕을 하든가 말든가 내가 재밌으면 된 거제."

어느새 맹순 씨는 처음 그림 그리기를 힘들어할 때 내가 했던 말들을 스스로 되뇌였다.

나는 봄에 떠났다가 가을에 돌아오는 기러기처럼 고향 같은 맹순 씨를 떠났다 돌아왔다. 치열하게 살다가도 지칠 때면 그리워진 맹순 씨. 언제나 그 자리에서 나를 기다려 주는 맹순 씨. 그런 맹순 씨가 심정지가 왔을 때 떠나지 않고 우리 곁에 있어 준 게 참으로 고맙다.

이제는 내가 맹순 씨에게 고향 같은 딸이 되어야겠다.

임자 씨와 맹순 씨!

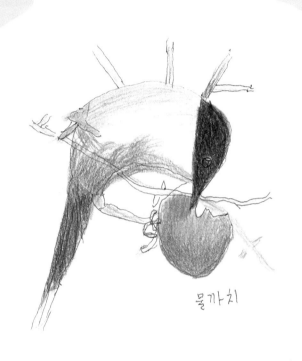

물까치

물까치를 그렸어요 우리 아파트에서는 소리만
들렸는데 딸이 우리 아파트에서 우척 보고 무척
먹고 싶어해보 감이 익으며 올까 하고 감나무를
지날 때마다 홍시야 빨리 익어라 하곤 해보

물까치를 그렸어요. 우리 아파트에서는 소리만 들었
는데 딸이 우리 아파트에서 무척 보고 싶어 해요. 감
이 익으면 올까 하고 감나무를 지날 때마다 홍시야
빨리 익어라 하곤 해요.

새들은 홍시를 좋아해

 텃새들에게 일 년 중 가장 홀가분한 계절이 바로 가을이다. 특히 자식을 독립시킨 부모새들은 더하다. 먹고 싶은 것, 놀고 싶은 것 모두를 누릴 수 있는 계절이니까 말이다.

 게다가 아파트의 가을은 먹이로 가득하다. 여름에 무성하던 풀들은 씨앗을 맺고 어느 아파트에서나 쉽게 보는 목련나무와 주목에는 빨간 열매가 주렁주렁 달린다. 가을이 더 깊어지면 감나무의 감은 홍시가 되어 많은 새들의 먹이가 된다.

 새들마다 좋아하는 먹이가 다르지만 가을은 모든 새들에게 공평하게 먹을 것 천지다. 풀씨는 참새나 노랑턱멧새, 멧비둘기와 같은 새들이 좋아해서 풀밭에서 풀씨를 찾아다니는 새들을 어렵지 않게 볼 수 있다.

목련나무 열매는 직박구리와 청딱따구리 등 많은 새들이 좋아하며, 주목 열매는 곤줄박이와 딱새, 직박구리가 좋아한다. 그런데 같은 열매를 먹더라도 딱새와 직박구리는 통째로 꿀꺽 삼키는데 곤줄박이는 과피는 버리고 딱딱한 씨앗을 깨서 그 안에 든 씨를 먹는다. 곤줄박이는 단단하기로 소문난

새들이 좋아하는 나무 열매와 풀씨

단풍나무 열매   메타세쿼이아 열매   측백나무 열매

산딸나무 열매   감   주목 열매

산수유 열매   일본목련 열매   벚나무 열매

개여뀌   강아지풀   쇠무릎

때죽나무 열매도 껍질을 깨서 안에 든 씨를 먹는다.

홍시는 거의 모든 새들이 좋아한다. 가장 유명한 새로는 동박새를 들 수 있는데 홍시가 남아 있을 때까지 동박새는 포기하지 않고 끊임없이 감나무를 찾아온다. 이 외에도 참새, 박새, 직박구리, 참새, 물까치, 청딱따구리 등 대부분의 새들이 홍시를 좋아해 가을 감나무는 새들로 문전성시를 이룬다.

가을의 만찬이 다음 해 번식을 위해 몸을 만드는 과정이라고 하면 너무 슬픈 일처럼 들린다. 그래서 난 조물주가 번식을 위해 고생한 새들을 위한 만찬이라고 생각한다.

친구들과 함께 몰려다니며 먹고 쉬고 목욕하고 몸단장을 하며 자유롭게 날아다니는 이 계절만큼 어디에도 얽매이지

홍시를 먹는 청딱따구리

않는 계절이 새들에게 또 있을까?
맹순 씨도 일평생 자식과 가족을
위해 일만 하고 살았다. 자신을
위한 시간을 보낸 적이 없고, 좋
은 것, 맛있는 것이 있으면 자
식을 먼저 떠올려 전해 준 맹순
씨. 이제는 자식들이 모두 출가해
서 가정을 꾸리고 산다. 맹순 씨는
살아생전 처음으로 영화 주인공도 되어
봤고, 그림 전시회도 열었다.

홍시를 좋아하는 동박새

　지금이 맹순 씨가 처음으로 자신을 위해 살아보는 자유롭
고 풍성한 계절이 아닐까?

딱새

아침이면 4시 밥 주느게 일이고 딸이
인태냅으로 신청해서 새먹이 들깨를 많이 준비해놓고
멧 비둘기와 참새가 먹는데 참새는 일일이 까서먹어요
신기해요 집안은 아니지만 창밖에서 새를 본다는게 너무
좋아요 저희 집이 내층인데 참새 그어린 내가왔어 먹고
있는걸 보면 기뻐해요 귀여워서 좋아요 새를 사랑 하니
너무 좋아요 물 떠놓고 물을 먹는걸 보면 갈 해다 넣을
생각이 들어요 돈도 얼마 안들고 새를 보니까
                                          좋아요

아침이면 새 밥 주는 게 일이에요. 딸이 인터넷으로
주문한 새 먹이 들깨를 많이 준비해 놓고, 멧비둘기
와 참새가 먹는데 참새는 일일이 까서 먹어요. 신기
해요. 집 안은 아니지만 창밖에서 새를 본다는 게 너
무 좋아요. 저희 집이 17층인데 참새 그 어린 새가 와
서 먹고 있는 걸 보면 기특해요. 귀여워서 좋아요. 새
를 사랑하니 너무 좋아요. 물 떠 놓고 물을 먹는 것 보
면 잘했다 싶은 생각이 들어요. 돈도 얼마 안 들고 새
를 보니까 좋아요.

겨울, 새들의 보릿고개

첫눈이 내리는 날 아침 눈 구경도 할 겸 가볍게 산책하다 들어오려고 아파트 정원으로 나섰다. 눈 내리는 날 아침은 새들이 먹이를 구하느라 더 바쁘다. 먹이가 눈에 묻히기 전에 더 먹어 두려고 바삐 먹이를 찾고 있는지도 모른다.

얼마 전 아파트에서 있었던 가지치기 작업으로 나무들의 가지가 전부 잘려져 있었다. 106동 앞을 지나는데 직박구리 두 마리가 바닥에서 무언가를 먹다가 내가 다가가자 후다닥 나뭇가지로 올라갔다. 그 둘은 한참을 내가 지나가기를 기다리는 듯 보였다. 바닥을 살펴보니 빨간 산수유 열매였다. 며칠 전까지만 해도 주렁주렁 매달려 있던 산수유들이 가지치기로 모두 사라져 버렸는데 어디서 구했을지, 직박구리들이 안쓰러웠다.

가을이 먹이로 풍성한 계절이라면 1월부터 3월은 새들에게 보릿고개와 같은 시기다. 열매들과 씨앗들은 하나둘 사라지고 이제 남은 건 찔레나무 열매와 산수유 열매처럼 안 썩는 열매들뿐이다. 어쩌면 그 열매들은 먹고 싶은 마음을 참으며 보릿고개를 견디려고 아껴두었을지도 모를 열매들이다. 그런 열매들이 하루아침에 가지치기로 사라져 버렸다. 그날 아껴둔 마지막 만찬마저 나 때문에 못 즐기는 직박구리를 보는데 허망한 표정이 엿보였다.

새들은 태어나 일 년 안에 죽는 비율이 매우 높다고 한다. 새끼들은 겨울을 견디지 못하는 비율이 월등히 높다. 추위도 문제지만 먹이를 구하지 못해 굶어 죽는 비율이 높다.

우리 곁에서 일 년 내내 머무는 작은 텃새들이 아파트에서

베란다 먹이대를 찾아온 박새

잘 살아야 그다음 해 다시 번식을 하고, 벌레들을 잡아먹어 생태계를 건강하게 만들어 줄 텐데. 가지치기로 그나마 있던 먹이마저 잃는 걸 보면 새들이 애처롭기만 하다.

아파트 정원에서 함께 살아가는 새들은 겨울에 먹이만 구하기 어려운 게 아니다. 물도 구하기가 쉽지 않다. 물론 물은 사계절 내내 구하기 힘들다. 한번은 아파트 단지를 걸으면서 새들이 물을 편하게 마실 수 있는 곳이 있는지 찾아보았다. 그런데 그 넓은 곳 어디에서도 새들이 마실 물을 구할 수 없었다. 단 한 곳을 찾았는데 음식물 쓰레기를 버리는 곳에 사람들 손을 닦으라고 준비해 놓은 개수대 하나가 전부였다.

새들이 마실 물을 찾느라고 며칠을 땅바닥만 보고 다녔다. 살펴본 결과 새들은 목숨을 걸고 깨끗하지도 않은 물을 마셨다. 한번은 차들이 다니는 길 한복판에 한 종지도 되지 않는 적은 양의 물이 고여 있었는데 새들이 그곳에 부리를 눌혀 목을 축이고 있었다. 비라도 오면 바닥에 움푹 패인 곳에 모인 물에서 목욕을 하고 물을 마시는데 그것도 사람들이 다니지 않는 곳이어야만 가능한 일이었다. 깨진 그릇이라도 있어서 한쪽에 물이 고이면 여러 새들이 날아와 물을 마시고 날아갔다.

공원도 마찬가지였다. 연못이 있는 공원은 거의 없었고 개수대가 있더라도 손을 씻고 나면 물이 내려가는 형태여서 물이 고여 있지 않았다. 결국 아파트 단지와 공원에서 새들이 아무 때나 물을 마실 수 있는 곳은 거의 없어 보였다. 생명을 유지하기 위해 기본적으로 필요한 물을 이토록 구하기 힘들다니. 새들에게 미안한 마음이 들었다.

맹순 씨는 겨울이 되어 새들이 먹을거리도 물도 없다는 이야기를 듣고 다른 계절보다 더 열심히 베란다 먹이대를 관리한다. 해가 늦게 떠서 깜깜하고 추운 데도 아침, 점심, 저녁 물 그릇을 깨끗하게 닦아 주고 새 물을 담아 준다. 그 물 한 그릇으로 모든 새의 목마름을 채울 수는 없지만 한 마리라도 물을 마시고 목욕하는 걸 보는 것만으로도 맹순 씨는 마음이 놓인다고 했다. 말 못 하는 짐승이 야생의 세계 어디에서 물을 찾아 먹을까 걱정이 되고 미안한 마음이 드는가 보다.

맹순 씨는 젊어서 젖소 목장을 했다. 남의 집을 전전하다 조금 모은 돈으로 송아지를 한 마리 사서 애지중지 키웠다. 또 돈이 조금 모이면 송아지를 한 마리 또 샀다. 큰 소를 사려면 큰돈이 드니 작은 송아지를 사서 키우는 거다. 그렇게 한 마리씩 사서 키우는 송아지는 재산이기도 했지만 식구이기도 했다. 목장일 외에도 돈 버는 일로 허둥지둥 날아다니면서도 소가 밥때를 기다리고 있을 생각에 때맞춰 밥을 주러 달려갔다. 소는 우리 식구를 살려 줄 최후의 보루 같은 거였다.

맹순 씨는 소와 이야기도 나누고 정도 나누었지만 다섯 자식 등록금을 마련할 때마다 한 마리씩 떠나보내야만 했다. 그럴 때면 아쉬운 마음에 소에게 먹을 것을 더 주었단다. 그 마음을 소도 아는지 큰 눈에 그렁그렁 눈물이 맺히는 것 같다고 했다.

소도 키우고 자식도 키우며 살아온 맹순 씨는 지금 새들에게 먹이와 물을 나눠 주며 누군가를 돌보던 그 삶을 이어 살고 있는지도 모른다. 손님을 대접하듯 정성을 다해 새를 대접하는 맹순 씨. 오늘도 깨끗한 물 한 그릇으로 맹순 씨의 아침이 시작된다.

인공 새집

오늘은 인공 새집을 그렸어요. 같은 아파트 단지에
사는 딸이 집앞에 있는 나무에 달아 준대요

오늘은 인공 새집을 그렸어요. 같은 아파트 단지에
사는 딸이 집 앞에 있는 나무에 달아 준대요.

새들에게 인공 새집을 선물하다

아파트 17층 베란다에 새 먹이를 내놓을 때만 해도 새들이 올 거라는 기대가 없었다. 맹순 씨도 새에 관심이 없어서 쓸 데없는 짓을 한다고 생각했는데, 이제 맹순 씨는 새들을 기다린다. 새 그림을 그려서 전시도 했다. 우리는 새 이야기로 더 가까워졌고 만날 일 없던 다른 이웃과도 아는 사이가 되었다. 그런 고마운 새들에게 우리 가족은 선물을 하기로 했다. 바로 인공새집을 말이다.

아파트 베란다에서 탐조를 한 계기를 생각해 보면 우연히 주운 인공 새집 덕분이다. 분리수거를 하는 날, 익숙한 물건에 눈이 갔다. 인공 새집이었다. 이게 왜 여기 나와 있을까? 아마도 학교나 어느 단체에서 인공 새집 만들기 활동을 했는데 막상 달아 보려고 하니 어디에 달아야 할지 막막했을 것 같다. 아무튼 그 덕분에 처음으로 인공 새집 모니터링을 할 기회를 얻었다.

인공 새집을 어디에 달지 고민하다가 늘 내려다볼 수 있고, 사람들 출입이 많지 않은 언니네 베란다 앞쪽 숲에다 달기로 했다. 침엽수보다는 활엽수가 나으니 벚나무에 달기로 했다. 나무 기둥에 어떻게 달까 고민하다가 운동화 끈 두 개를 연결해서 달았다. 튼튼하기도 하고 약간의 탄력도 있어 의외의 좋은 발견 같다는 생각이 들었다. 과연 어떤 새가 들어올까?

인공 새집을 기웃거리는 참새

인공 새집에 온 첫 손님은 곤줄박이였다. 곤줄박이는 밖에서도 들여다보고 안에 들어가 밖을 보기도 했다. 그런 곤줄박이를 못마땅하게 지켜보는 새가 있었는데, 아파트 베란다 실외기 옆에 둥지를 튼 박새 부부였다. 박새 부부는 자기네 둥지와 가까워선지 곤줄박이를 쫓아냈다.

거리가 멀지 않아서인지 몇 번을 쫓아내자 곤줄박이는 더이상 오지 않았다. 참새가 와서 기웃거렸지만 박새는 참새도 쫓아냈다. 그 봄 인공 새집은 주인 없이 벚나무 꽃 아래에서 소박을 맞았다.

인공 새집은 주인을 못 찾았지만 누가 오나 매일 들여다보느라 아파트 정원에 온 나무발발이를 보았다! 인공 새집이 아니었다면 베란다 문을 열고 이렇게 자주 정원을 내다보았을까?

나무발발이와 나의 인연은 2015년 처음 탐조의 세계에 발을 들였을 때부터 시작한다. 귀한 겨울 철새가 서울 도심에 있는 서울숲에 왔다는 소식을 듣고 몇몇 친구와 전철을 타고 공원에 갔다. 생각보다 넓은 공원에서 나무발발이를 찾으려고 사람들이 흩어져서 무전으로 이야기를 주고받으며 겨우 본 나무발발이를 아파트 정원에서 만난 거다. 나무발발이는 열흘 정도 아파트 정원에 꾸준히 찾아왔다. 며칠을 나무발발이를 보았는데도 늘 처음 만나듯 두근거렸다.

나무발발이

나무발발이는 겨울에만 찾아오는 겨울 철새래요. 나무를 발발발 기어다니면서 벌레를 잡아먹는다고 해서 발발이라고 한대요. 나도 딸 집에 갔었는데 딸들은 어떻게 발견했는지 새 보는 데 이제 천재 같아요. 우리 아파트에서만 해도 이십삼 종을 봤대요. 아파트에 새들이 이렇게 많은 줄 몰랐어요. 딸 둘이서 사진을 찍은 것을 보니 흐뭇했어요.

그런데 왜 인공 새집을 굳이 달아 줘야 할까? 처음에는 그이유를 몰랐는데 아파트 탐조를 하면서 알게 되었다. 아파트에는 작은 새들이 번식할 수 있게 구멍을 뚫을 만큼 큰 나무가 없다. 그래서 번식할 구멍을 찾지 못한 작은 새들이 보일러 연통 구멍이나 벽에 뚫어 놓은 구멍을 둥지로 쓴다. 그럼 사람은 물론이고 새도 위험해질 수 있다.

우리가 인공 새집을 달아 줘서 새들의 번식을 도우면 자연스럽게 새끼들이 애벌레 등 벌레를 잡아먹을 거다. 그럼 수목 소독을 많이 할 필요가 없어지지 않을까?

인공 새집을 달아 주는 일은 여러 가지 고려해야 할 사항들이 많다. 단지 좋은 재료로 인공 새집을 잘 만드는 것도 중요하지만 새들이 알을 품을 때 온도가 중요해서 햇빛이 얼마나 잘 드는지도 고려해야 한다. 새끼들을 키울 때 먹이를 구하기 쉬운 곳인지, 사람들이 너무 자주 드나드는 곳은 아닌지도 살펴야 한다. 호기심 많은 어린이들 손이 닿지 않도록 너무 낮게 달지 않아야 하며, 너무 높이 달아 인공 새집 청소 등 관리가 어려워져서도 안 된다. 나뭇가지 위에 걸쳐 놓아 고양이의 접근이 쉽지 않도록 하는 것도 중요하다. 새끼를 키울 때 수목 소독을 많이 하는 곳보다는 수목 소독 차량의 접근이 쉽지 않은 곳을 알아두었다가 그런 곳에 설치하는 것도 고려해 볼 사항이다.

이 모든 것을 따져서 아파트 단지에서 사람 손길이 잘 닿지 않는 곳을 찾아 인공 새집을 달았다. 모두 열 개를 달았는데 쉬운 일은 아니었다. 하지만 일 년 동안 아파트에서 탐조를 하며 새들에게서 받은 즐거움에 비하면 이 정도의 수고로움은 아무것도 아니었다.

인공 새집에서 새들의 새끼들이 태어나 우리 아파트 단지에서 잘 살아가기를 바란다. 맹순 씨의 벗으로, 우리의 이웃으로 함께 살아가며 서로에게 위로가 될 것이다.

박새

오늘은 박새를 그려봤어요 박새를
그린 것은 같은 아파트에 사는 1딸 집에
가서 있는데 나무 꼭대기에 앉아서
삐꾹 삐꾹하고 울고 있는데 그 울음 소리는
사랑 할려고 암컷을 부르는 소리래요 새들도
짝을 찾아 새끼를 낳고 길르니라 먹이 갔다 주니
라고 몸단장도 못하고 부시부시하게 하고 다니면서
새끼를 키운대요 사람이랑 다를바가 없어요

오늘은 박새를 그려 봤어요. 박새를 그린 것은, 같은 아파트에 사는 딸 집에 가서 있는데 나무 꼭대기에 앉아서 삐죽삐죽 하고 울고 있었어요. 그 울음소리는 사랑하려고 암컷을 부르는 소리래요. 새들도 짝을 찾아 새끼를 낳고 기르느라 먹이 갖다 주느라고 몸단장도 못하고 부스스하게 하고 다니면서 새끼를 키운대요. 사람이랑 다를 바가 없어요.

새들도 아파트의 주민이다

아파트 정원은 새들의 보금자리이자 귀한 먹이터다. 열매
를 쪼아 먹는 새들을 볼 때마다 열매가 어떤 맛일까 궁금했
다. 그래서 주목 열매를 따서 맛을 봤는데 씨를 감싸고 있는
과피가 끈적끈적하고 약간 달짝지근한 맛이 났다. 씨앗에 독
성분이 있다고 했는데 건강한 성인이 하나 맛봤다고 죽기야
하겠냐만 두 번 먹을 맛은 아니었다.

새들은 씨앗을 먹을 때 개성이 넘친다. 직박구리는 두 번째
번식을 하면서 새끼를 키울 때는 매미가 끝물이어서 그 계절
에 나는 열매들을 닥치는 대로 새끼들에게 먹인다. 한번은 주
목 열매 두 개를 한꺼번에 새끼 입에 넣어 주는 것을 봤다. 새
끼도 한입에 먹었다.

곤줄박이는 단단한 씨앗을 부리로 쪼아 속에 든 것을 꺼내 먹는다. 곤줄박이랑 크기가 비슷한 딱새는 주목 열매를 한입에 꿀꺽 삼킨다.

대롱대롱 매달린 홍시엔 동박새, 직박구리, 참새, 까치, 물까치가 매달려 북적북적하다.

주목 열매를
새끼에게 먹이는 직박구리

새들은 나무의 열매를 따 먹으면서 나무에게 주는 선물이 있다. 바로 사시사철 나무를 관리하는 거다. 새들은 우리 눈에는 보이지 않는 작은 진딧물이나 톡토기를 찾아내 잡아먹는다. 손이 없는 나무 입장에선 새들이 고마울 테다.

새들이 사람에게 주는 선물은 말로 할 수 없을 만큼 많은데 아침에 들려주는 아름다운 새소리뿐만 아니라 애벌레 등 곤충을 잡아먹어 수목 소독을 적게 할 수 있도록 한다. 새들이 열매를 먹고 싼 똥으로 배출되는 씨앗에서 발아된 싹은 나무로 자라서 숲을 무성하게 만들고 사람에게 시원한 그늘을 만들어 주기도 한다.

그런데 그것도 모르고 사람들은 애벌레가 나오는 계절이면 관리 사무소에 벌레가 있다면서 약을 치라고 요청한다. 하필 그 시기가 새들이 새끼를 키우는 시기라 수목 소독을 많이 하게 되면 새들의 번식이 줄어들어 곤충을 잡아먹는 새들이 줄어드는 것도 모르고 말이다.

아파트는 처음부터 사람이 살기 좋게 지어졌다. 사람에 대한 배려는 넘치지만 야생동물에 대한 배려는 찾아보기가 쉽지 않다. 그중 대표적인 게 수목 소독이다.

소독을 할 때는 희석한 살충제와 살균제를 아파트 정원에 뿌린다. 보통 수목 소독은 새들이 아파트 정원에서 벌레를 잡아서 새끼를 기를 시기에 한다. 부모 새들의 입장에선 곤혹스러울 뿐이다.

감나무는 감이 바닥에 떨어지면 지저분해진다고 꽃 필 무렵 가지치기를 하고 나뭇가지는 건물에 닿기 전에 미리 잘라둔다. 행여 저층 세대 집주인이 그늘진다고 가지를 잘라달라는 민원이라도 넣으면 어떤 나무는 아예 밑동이 잘려 나가기도 한다. 그럼 나무도 곤충도 새도 살기 어려운 환경이 되고만다. 사람의 편의를 위해 벌어지는 일을 나무는 묵묵히 지켜보고 있을 수밖에 없다. 새도 곤충도 마찬가지다.

내가 아파트에서 탐조를 하면서 깨달은 것은 아파트에는 사람만 살지 않는다는 거다. 곤충과 나무, 풀과 꽃 등 수많은 생명이 함께 산다. 아파트에 있는 작은 정원에서 어떻게 하면 다양한 생명체가 건강하게 공존할 수 있을까? 고민이 깊다.

상모솔새

상모 솔새라고 하네요 딸 집이 이층인데 나무가
많아 공원 같아요 그래서 여러종류 새들이 와서
놀고 먹고 하는데 상모새는 특기가 소나무에 달려
있는 솔방울 속에 있는 씨를 꺼내 먹는대요 나도 딸
왔어요 그래서 그려보니 나도새가 신기하다고
느껴져요 딸 덕분에 그림을 그리기 시작에서 텃밭에
서 나는 채소 그림과 다니면서 꽃이피는 꽃이필으면
사진을 찍어 와서 그리기도 하고 지금은 새를 그리고있어요

상모솔새라고 하네요. 딸 집이 이층인데 나무가 많아 공원 같아요. 그래서 여러 종류의 새들이 와서 놀고 먹고 하는데 상모새는 특기가 소나무에 달려 있는 솔방울 속에 있는 씨를 쪼아 먹는대요. 나도 보았어요. 그래서 그려 보니 나도 새가 신기하다고 느껴져요. 딸 덕분에 그림을 그리기 시작해서 텃밭에서 나는 채소 그림과 다니면서 꽃이 피는 꽃이 있으면 사진을 찍어 와서 그리기도 하고 지금은 새를 그리고 있어요.

아파트 탐조단의 탄생

통계청 발표에 의하면 우리나라 가구 중 절반이 아파트에 산다고 한다. 그런데 자기가 사는 아파트와 그 주변 환경을 잘 아는 사람은 얼마나 될까? 하물며 아파트 정원에 어떤 새들이 사는지 아는 사람이 몇이나 될까?

탐조인조차 소수이고, 나조차도 아파트 정원에서 탐조를 해 보겠단 생각을 안 해 봤으니, 질문의 답은 어쩌면 열 손가락도 못 꼽을 듯하다.

우연한 계기로 아파트 탐조를 하며 이제는 아파트 정원 여기저기 내 발길과 눈길이 닿지 않는 곳이 없다. 일상에서 새들과 함께하는 일들이 많아지며 새들이 언제 일어나고, 어디에서 밤을 보내고, 무엇을 먹고, 어떤 곳에 둥지를 트는지 알게 되었다. 그렇게 새들과 이웃이 되며 그들에 대한 연민과 안타까움도 생겼다.

마실 물이 없어 아스팔트 바닥에 고인 물을 먹는 까치나 보일러 연통에 맺힌 물을 마시는 곤줄박이를 보면 마음이 아팠다. 한창 새들이 알에서 깨어난 새끼를 기르는 육추를 할 때 수목 소독이라도 하면 새끼들 먹이를 어떻게 구하나 며칠을 걱정했다.

새들에게 더 나은 환경을 주려면 아파트 탐조를 하는 사람이 많아져서 새들에 대한 관심이 커져야만 했다. 그래서 난 더 많은 사람에게 아파트 탐조를 알려야겠다고 다짐했다.

그 무렵 녹색교육센터에서 중고등학생들과 공원 한 곳을 정해 일 년 동안 탐조 모니터링을 하고 새 지도를 만드는 프로그램을 진행하고 있었다. 그곳 소장님에게 아파트 새 지도를 만들고 싶은데 지원해 주는 곳이 있는지 물었더니 시민들의 아이디어를 지원하는 풀씨 프로젝트가 있다고 했다. 일 년에 두 번 공모 지원 사업이 열린다고 해서 난 아파트에서 관찰한 새들의 목록과 새 사진을 정리했다. 아파트에서 만난 새들을 맹순 씨가 그린 그림들까지 정리해서 총 47종의 새 목록이 만들어졌다.

지원 사업에 제출할 기획서를 작성하는데 프로젝트 이름이 필요했다. 여러 날을 고민한 끝에 난 '아파트 탐조단'이라고 이름을 짓고 탐조 단원으로 맹순 씨와 언니 경희 씨 그리고 내 이름을 적었다. 우리는 가족이기도 하지만 한 아파트 단지에 살고 있는 주민이기도 했다. 역할도 나누어 나는 전반적인 프로젝트 기획과 아파트 단지 내 정원 탐조 모니터링을 담당하기로 했고, 경희 씨는 2층 베란다 탐조 기록과 촬영을 맡기로 했으며, 맹순 씨는 17층 베란다 탐조 기록과 아파트 새 지도에 들어갈 그림 그리고 우리가 활동할 때 사진과 영상으로 기록하기로 했다. 맹순 씨에게 핸드폰으로 사진을 찍고 영상을 촬영하는 방법을 알려 줬다. 우리의 노력이 헛되지 않기를 간절히 바랐는데 아파트 탐조단이 프로젝트 지원 사업에 선정되었다는 소식을 듣게 되었다!

프로젝트의 핵심은 아파트 새 지도를 만드는 일이었기에 전문가를 모셔서 함께 아파트 정원을 돌아보기로 했다. 그 무렵 코로나19도 초기의 공포를 극복하고 조금 주춤해지고 있었다. 탐조 전문가를 모신 김에 관심 있는 분들도 함께하면 좋을 것 같아 탐조에 관심이 있는 분들을 우리 아파트 정원으로 초대했다.

아파트로 탐조하러 손님들이 오시는 날이면 맹순 씨는 핸드폰을 미니 삼각대에 끼우고 삼각대를 잡고 우리의 활동을 촬영했고 손님들을 친절하게 맞이하는 역할을 맡았다. 그날은 그냥 할머니가 아니라 활동가가 되어 사람들 속에서 임무를 수행했는데, 맹순 씨의 표정에는 잘해내고야 말겠다는 비장함이 엿보여 보는 나도 참 재미가 있었다.

아파트 탐조단

아파트 탐조단이라는 프로젝트를 진행하면서 전국에 있는 다른 아파트에 사는 분들도 함께 기록할 수 있도록 네이처링에 아파트 탐조단이라는 미션을 만들었다. 큰 관심을 받으리라 생각하지 않았는데 아파트 탐조단에 대한 관심은 예상외로 많았고, 가을 내내 아파트 탐조단 프로젝트가 이어졌다. 우리 셋은 아파트로 탐조를 오는 손님을 맞이하고 기록하며 바쁜 날들을 보냈다.

아파트 새 지도를 보고 아파트에 사는 누구라도 아파트 탐조를 해 봤으면 한다. 그래서 각자 자신이 살고 있는 아파트의 새 지도를 하나씩 만들어보기를 바랐다. 그 맘을 담아 우리나라 최초의, 어쩌면 세계 최초의 아파트 새 지도를 만들었다.

이렇게 수원의 한 아파트에서 시작된 아파트 탐조단은 2020년 맹순 씨네 가족이 일 년 동안 아파트에서 새를 관찰하며 만든 아파트 새 지도를 통해 알려지게 되었다.

2020년 8월에 만든 아파트 탐조단 미션에는 현재 전국에서 324명의 참여자가 9,300건 이상의 관찰 기록을 올리고 있다. 지금까지 130종의 새가 기록되고 있는데 이는 우리나라에서 기록된 580여 종의 5분의 1에 해당한다. 생각보다 많은 새를 아파트에서 관찰할 수 있다는 것을 보여 준다.

맹순 씨가 가장 좋아하는 참새

오늘은 아침 일찍 딸들하고 내보느
탐조단이 여러명 와서 같이 이야기 새에 대 해서
사진도 찍고 아파트래로 다니면서 나는 탐조란들
다니면서 새찍는 사진 촬영을 았앞고요 힘들고만레
미일 없어요 점심은 식당 김밥하고이것저런 사서 아파트 들어터
에서 먹는데 나는 라 꾸이고 딸이 맛있는본하고 해서 잘먹고
갔읍니다 이나이에 이렇게 할수있어서 좋았읍니다

오늘은 아침 일찍 딸들하고 새 보는 탐조단이 여러 명 와서 같이 새에 대해서 이야기도 하고 사진도 찍고 아파트 단지를 탐조했어요. 나는 탐조단들과 다니면서 새를 찍는 사진 촬영을 맡았고요. 힘들지만 재미있었어요. 점심은 식당 김밥하고 이것저것 사서 아파트 놀이터에서 먹는데 나는 차를 끓이고 딸이 맛있는 것 하고 해서 잘 먹고 갔습니다. 이 나이에 이렇게 할 수 있어서 좋았습니다.

이웃이 된 새들과 행복하게 살아요

오늘도 나와 맹순 씨는 아파트 창문 밖에서 들려오는 참새들의 소리에 잠에서 깬다. 맹순 씨네 아파트 베란다로 놀러 오는 참새들은 자연 알람음이다. 맹순 씨는 참새들의 소리를 들으며 "벌써 일어나 왔냐?" 하며 하루를 시작한다.

2020년 1월, 코로나19는 우리 인간에게는 재앙이었을 수있지만 도시에서 인간과 함께 살아가는 야생동물인 새에게는 인간의 활동이 줄어든 도시 공간이 참 편안하게 다가왔을 것같다.

우리 가족도 그해에 아파트에 머무는 시간이 길어지며 아파트 정원에 관심을 기울였고, 새들과 가까워질 수 있었다. 일상에서 늘 다니던 길에서 새를 마주하는 일이 많아지면서 점점 새를 보러 하늘을 올려다보는 일이 많아졌다.

나와 맹순 씨도 아파트에서 새를 보기 전과 후는 많은 것이 달라졌다. 탐조가 맹순 씨와 함께하는 취미가 되면서 새에 대한 이야기를 나누는 게 일상이 되었다. 무엇을 해야 할지 모르겠다던 맹순 씨는 아침마다 먹이를 주는 새들을 그려 아파트 새 지도도 만들고 전시회도 열었다.

난 아파트 탐조를 계기로 도시에서 살아가는 사람들에게 탐조를 널리 알리고 싶어 경기도 수원에 새와 관련된 책들을 모아 놓은 '탐조책방'을 열었다.

탐조 관련 책뿐만 아니라 탐조 프로그램을 진행하며 좀 더 많은 사람이 탐조의 매력을 알아 나갈 수 있도록 하고 있다.

그뿐인가? 얼마 전 나와 맹순 씨는 KBS 1TV에서 방영하는 〈자연의 철학자들〉에 출연해 아파트에서 새를 관찰하며 지내는 모습을 보여 주었다.

경기도 수원에 있는 탐조책방

도심 속 아파트 단지에서 새를 본다는 것은 자연을 살피고 주변에 안부를 묻는 일이며, 자연과 내가 연결되어 있다는 것을 알아가는 일이다. 그런 의미에서 아파트 탐조는 인간도 자연의 일부지만 그것을 잊고 살아가는 우리에게 우리가 생태계의 일부라는 걸 깨닫게 해 준다.

오늘 아침도 직박구리 소리와 함께 시작되었다. 맹순 씨는 일어나 베란다 창문을 열고 새 먹이대의 물 그릇과 먹이 그릇을 깨끗이 씻고 해바라기씨와 쌀을 담아 주고 깨끗한 물 한 그릇을 내놓는다. 베란다 창문을 사이에 두고 자연과 내가 만나는 일, 베란다 창문을 활짝 열면 자연이 바로 눈앞에 있다.

우리가 새들을 이웃으로 만나며 더 행복해졌듯이 더 많은 이가 새들과 이웃이 되기를 바란다.

안녕하세요 올해 팔십 둘이 된 맹순 씨예
요 아파트에서 딸들과 함께 살고 있어
요 도시에서 살지만 매일 새들이 짹짹
거리는 소리를 들으며 일어나요 베란다
에 새 먹이대를 만들어 준 딸 덕분이
에요 아침 일찍 와서 짹짹 짹짹 소리를 내
는 새에게 쌀과 해바라기씨를 주고 주
고 물을 떠주면서 하루를 시작해요 나도
배가 고프지만 아침 먼저 와서 기다리
고 있는 새들에게 미안해 먼저 챙겨
줘요 가끔 귀찮을 때도 있지만 매일
찾아오는 새 친구가 지금은 너무 반가
워요 안 오면 무슨 일이 있나 궁금 하기
도 하고요 우리 가족은 코로나19가 시
작된 2020년 아파트 정원에서 새
를 만나기 시작했어요 새 덕분에 딸들
과 이야기하는 시간도 많아졌고 아파트
에서 만난 새를 그림으로 그려달라고
해서 아파트 새 지도도 만들었어요 그
러다보니 전시회도 하고 텔레비전에
도 나왔어요 다 아파트 새들 덕분이에
요 우리 가족이 2020년에 새와 함께
행복하게 지낸 것처럼 이 책을 읽는
여러분들도 아파트 정원에서 새를 만
나면서 행복 해졌으면 좋겠습니다
감사합니다

2023년 6월
맹순 씨가

새들과 함께
행복해졌으면 좋겠어요

안녕하세요.

올해 팔십둘이 된 맹순 씨예요. 아파트에서 딸들과 함께 살고 있어요.

도시에서 살지만 매일 새들이 짹짹거리는 소리를 들으며 일어나요.

베란다에 새 먹이대를 만들어 준 딸 덕분이에요.

아침 일찍 와서 짹짹 소리를 내는 새에게 쌀과 해바라기씨를 주고 물을 떠 주면서 하루를 시작해요.

나도 배가 고프지만 아침 먼저 와서 기다리고 있는 새들에게 미안해 먼저 챙겨 줘요.

가끔 귀찮을 때도 있지만 매일 찾아오는 새 친구가 지금은 너무 반가워요.

안 오면 무슨 일이 있나 궁금하기도 하고요.

우리 가족은 코로나19가 시작된 2020년 아파트 정원에서 새를 만나기 시작했어요.

새 덕분에 딸들과 이야기하는 시간도 많아졌고 아파트에서 만난 새를 그림으로 그려 달라고 해서 아파트 새 지도도 만들었어요.

그러다 보니 전시회도 하고 텔레비전에도 나왔어요.

다 아파트 새들 덕분이에요.

우리 가족이 2020년에 새와 함께 행복하게 지낸 것처럼 이 책을 읽는 여러분들도 아파트 정원에서 새를 만나면서 행복해졌으면 좋겠습니다.

감사합니다.

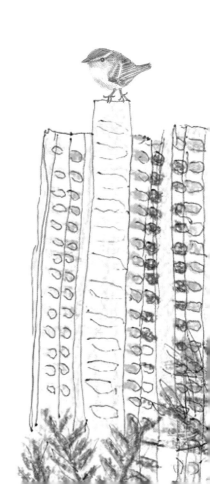

텃새

일 년 내내 우리 곁에서 살아가는 새

곤줄박이

크기는 14센티미터로 머리 꼭대기에서 목뒤까지 검은색이며, 이마와 얼굴은 옅은 황백색이고 멱(목의 앞쪽)이 검어요. 배는 적갈색이며 날개와 꼬리는 청회색이에요.

굴뚝새

크기는 10센티미터로 몸이 둥글고 꼬리는 위로 올라가 있어요. 몸은 어두운 갈색에 검은색 가로줄 무늬가 있고 눈썹선이 있어요. 곤충이나 거미 등을 잡아먹어요.

까치

크기는 45센티미터 정도로 꼬리깃은 녹색으로 보이기도 하고, 날개는 청색으로 보이기도 해요. 부리와 다리는 검은색이에요.

동박새

크기는 12센티미터로 몸 윗면은 초록색이고 배는 흰색, 가슴과 옆구리는 연한 갈색이에요. 선명한 하얀 색 눈테가 인상적이에요.

딱새

크기는 14센티미터로, 암컷과 수컷의
생김새가 아주 달라요. 수컷은 머리가
잿빛을 띤 흰색이고, 배는 붉은빛을 띤
갈색이에요. 암컷은 몸이 갈색이고 허리는
주황색이에요. 암컷과 수컷 모두 날개에
흰색 점이 있어서 알아보기 쉬워요.

멧비둘기

크기는 33센티미터이고 머리와 목, 몸 아래는
회갈색이에요. 날개를 접고 있으면 얼룩무늬로
보여요. 산에 사는 비둘기라고 해서 산비둘기
라고도 하는데 정식 명칭은 멧비둘기예요.

물까치

크기는 38센티미터 정도로 긴 꼬리와
검은색 머리를 가지고 있어요.
등과 배는 회색이며 날개와 꼬리는
하늘색이에요. '꾸이, 꾸이' 하는 독특한
소리를 내면서 돌아다녀요.

민물가마우지

크기는 82센티미터로 민물에 사는
가마우지라는 뜻이에요. 물속에서 물고기를
잡아먹고 살아요. 몸 윗면은 푸른색 광택을
띤 갈색이며, 부리 기부(시작하는 부분)는
노란색이고 바깥쪽은 흰색이에요.

박새

크기는 14센티미터로 뺨은 흰색이고 머리는 검은색이며, 가슴에 검은색의 굵은 세로 줄무늬가 나 있어요. 목뒤는 살짝 올리브색을 띠고 있는 대표적인 산림성 조류예요.

방울새

크기는 14센티미터로 눈 앞쪽은 검은색이며, 머리와 가슴은 갈색을 띤 녹색이며, 배는 갈색을 띤 노란색이에요. 암컷도 수컷과 비슷하지만 색깔이 옅어요.

붉은머리오목눈이

크기는 13센티미터로 머리는 붉은빛을 띤 갈색이고 배는 황갈색이며, 부리는 짧고 굵어요. 꼬리는 길고 눈 주변이 오목하게 생겼어요. 우리가 흔히 '뱁새'라고 부르는 새입니다.

쇠딱따구리

14센티미터로 딱따구리 중 가장 작아요. 어두운 갈색 머리에 흰 눈썹선과 뺨선이 있어요. 등에는 흰색의 가로줄 무늬, 배에는 갈색의 세로줄 무늬가 뚜렷해요.

쇠박새

12센티미터로 머리에 모자를 쓴 것처럼 머리 꼭대기에만 광택이 나는 검은 털이 있어요. 몸 윗면은 갈색을 띈 연회색이고 멱에는 아주 조금 검은 털이 있어요.

쇠백로

크기는 61센티미터로 논이나 하천 등에서 볼 수 있어요. 물고기와 양서류 등을 먹으며, 부리와 다리는 검은색이고, 발가락은 노란색이라 멀리 있어도 알아보기가 쉬워요.

오목눈이

크기가 14센티미터이며, 몸은 작고 꼬리가 몸통보다 더 길어요. 머리와 배는 흰색이고, 검은 눈썹선은 등까지 이어져 있어요. 날개와 꼬리는 검은색이에요.

오색딱따구리

크기는 24센티미터로 몸 윗면은 검은색이며, 등에 V자형의 흰색 무늬가 있어요. 가슴은 하얀색이고, 배의 아래쪽은 붉은색이에요. 수컷은 머리 꼭대기가 검은색이며, 머리 뒤에 붉은색이 있고, 암컷은 머리에 붉은색이 없어요.

왜가리

크기는 93센티미터로 몸과 날개는 회색이고, 목 앞쪽으로 두 줄의 검은 줄무늬가 있어요. '웩' 소리를 내며 울어서 왜가리라고 해요. 논과 하천, 하구, 갯벌 등에서 볼 수 있어요.

직박구리

크기는 28센티미터 정도로 몸 윗면은 회색, 날개는 회갈색, 뺨은 갈색이에요. 배에는 흰색 반점이 있어요. '찍' 하고 내는 소리가 크고 인상적이에요.

진박새

11센티미터로 머리가 검은색이고, 머리 꼭대기가 돌출된 것처럼 보여요. 멱은 전체가 검은색이고, 날개에는 두 개의 가느다란 흰색 띠가 있어요.

참매

크기는 55센티미터 정도로 매보다 덩치가 크고 꿩 사냥을 잘해 진정한 매라는 뜻이래요. 몸 윗면은 어두운 청회색이고 아래는 가로줄 무늬가 있으며 덩치가 크고, 하얀 눈썹선도 굵고 뚜렷해요.

참새

크기는 14센티미터로 등에 갈색의 검은
줄무늬가 있고 목뒤에는 흰색 가로줄이
있어요. 흰 뺨에 있는 검은색 둥근 반점이
특징적이에요.

청딱따구리

크기는 30센티미터 정도로 등은
연한 녹색이고 배와 얼굴은 회색이에요.
수컷은 머리에 붉은색 털이 있고
암컷은 없어요.

큰부리까마귀

크기는 57센티미터로 정수리에서 부리로
이어지는 부분의 경사가 크고 부리는 엄청
두툼해요. 목을 쭉 빼고 '까악, 까악' 하는
큰 울음소리를 내요.

황조롱이

깃털은 짙은 황갈색이며, 크기는
35센티미터쯤 되어요. 야산이나 주거지,
농경지 주변에서 쥐 등의 설치류와 작은 새,
곤충 등을 잡아먹어요. 정지 비행으로 먹이를
찾아내고 순식간에 하강해서 먹이를 잡아요.

나그네새

봄과 가을에 우리나라에 잠시 들렀다 가는 새

긴다리솔새사촌

13센티미터 크기예요.
몸 윗면은 어두운 갈색이고
지저귀는 소리가 아주 우렁차요.

노랑눈썹솔새

10.5센티미터 크기로 몸 윗면은
노란색을 띤 초록색이고
날개에 두 줄의 띠가 선명해요.
'찍' 하고 끝을 끄는 소리가 인상적이에요.

노랑딱새

13센티미터 크기로 수컷은 몸 윗면과 머리가
검은색이고 눈 뒤에 작은 흰색 부분이 있어요.
날개에 흰색 띠가 있어요. 멱과 가슴은
주황색이고 배는 흰색이에요. 암컷은 몸
윗면이 황갈색이고 가슴은 옅은 주황색이에요.

노랑허리솔새

10센티미터 크기예요.
몸 윗면은 노란색을 띤 초록색이고
배는 노란색을 띤 흰색이에요. 이름처럼
허리에 선명한 노란색이 인상적이에요.

되솔새

12센티미터로 몸 윗면은 연한 초록색을
띤 갈색인데 조금 어둡게 보여요.
눈썹선은 흰색이고 다리는 밝은
분홍색이에요.

벌매

60센티미터 크기로 깃털 색이나 무늬가
아주 다양해요. 몸 윗면은 주로 갈색이고
목에는 검은 줄무늬가 있어요. 이동 중에
무리를 이루고 벌 애벌레를 좋아해요.

울새

14센티미터 크기로 전체적으로 갈색을 띠고,
꼬리는 적갈색이에요.
멱과 가슴은 흰색 바탕에 갈색의 비늘무늬가
있고 꼬리를 자주 치켜들어요.

힝둥새

16센티미터 크기로 등은 녹갈색에
옅은 검은색 줄무늬가 있어요.
눈썹선은 흰색이고 귀깃에는
흰 점이 있어요.

여름 철새

봄에 우리나라를 찾아와 번식하고 가을이면 떠나는 새

꾀꼬리

25센티미터 정도 크기로 몸 전체가 노란색이고 부리는 붉어요. 수컷은 샛노란 느낌이고 암컷은 그보다는 덜 노래요.

숲새

10센티미터 크기로 우거진 숲이나 계곡 주변에서 보여요. 꼬리가 짧고 몸 윗면은 갈색이고 아랫면은 노란색을 띤 흰색이에요. 흰색 눈썹선이 또렷하고 곤충 소리처럼 소리를 내는데 뒤로 갈수록 소리가 커져요.

제비

18센티미터 크기로 여름에 알을 낳아 새끼를 키우려고 한국에 와요. 몸 윗면은 광택이 있는 어두운 청색이고, 하늘을 날아다니거나 앉아 있을 때 '쭈잇 찌' 하고 소리를 내요.

큰유리새

16센티미터 크기로 수컷은 머리부터 등까지 광택이 있는 파란색이에요. 얼굴과 가슴 옆구리는 검고, 배는 흰색이에요. 암컷은 연한 초록색을 띤 갈색이고, 가슴과 멱은 회갈색이에요.

파랑새

29센티미터 크기로 몸은 녹색과 푸른색이
함께 있고, 날개 끝은 검어요. 부리와 다리는
붉은색이에요. 날 때 보면 날개에 하얀색
큰 점이 있어요. 멀리서 보면 전체가
검게 보여요.

호랑지빠귀

28센티미터 크기로 검은색 비늘무늬가
호랑이 무늬를 닮아서 호랑지빠귀라고 해요.
'히이 호오' 소리를 내기도 해요.

겨울 철새

가을에 우리나라를 찾아와 겨울을 보내는 새

나무발발이

13센티미터로 부리는 가늘고 아래로 휘었으며, 윗부리는 흑갈색, 아래 부리는 분홍색이에요. 눈썹선은 흰색으로 뚜렷하고 가슴과 배는 흰색이에요. 나무에 오를 때 꼬리로 몸을 지탱하고 나무 줄기를 타고 위로 올라가며 먹이를 찾아요.

노랑지빠귀

24센티미터 크기로 몸 윗면은 갈색이며 가슴과 옆구리는 붉은색을 띤 갈색이에요. 눈썹선이 뚜렷하고 수컷은 몸 아랫면에는 흰색 비늘무늬가 있어요. 암컷은 눈썹선과 멱, 뺨선이 하얗고 검은 턱선이 뚜렷해요.

되새

16센티미터 크기로 겨울에 수컷은 연한 흑갈색의 머리에 등은 황갈색에 검은색 반점이 있어요. 부리는 연한 노란색이에요. 암컷은 수컷보다는 색깔이 연해요.

떼까마귀

크기는 46센티미터로 까마귀와 비슷하지만 부리가 더 뾰족해요. 주로 농경지나 개활지(탁 트인 땅) 등에서 무리를 이루어 겨울을 보내요.

말똥가리

55센티미터 정도의 크기로 날개를 펼치면
날개 아랫면에 암갈색 점이 있어요. 몸 아랫면은
밝은 갈색이며, 배와 날개 끝은 어두운
갈색이에요. 어미 새의 눈은 어두운 갈색이고,
'어린 새'는 노란색에 가까워요. 어린 새는 둥지에
서 이소를 마친 새끼를 부르는 탐조 용어예요.

상모솔새

크기는 9센티미터로 등은 어두운 연두색이고
정수리는 노란색인데 수컷은 붉은색 반점이
있어요. 눈테는 흰색이고 날개는 검은색에
흰색 띠가 있어요. 우리나라에서 관찰되는
새 중에서 가장 작아요.

종다리

17센티미터 크기로 몸은 옅은 황갈색이고
가슴에는 검은색 줄이 있어요.
머리깃이 짧게 있어요.
'찌리리, 찌리리' 하는 노랫소리가 독특해요.

콩새

크기는 16센티미터로 부리가 크고 두꺼운 게
특징이에요. 수컷은 머리는 갈색이고 등은
어두운 갈색이에요. 몸 아랫면은 연한 갈색인데
암컷은 전체적으로 수컷보다 색이 연해요.

큰기러기

크기는 85센티미터 정도 되고 온몸이 짙은
갈색이에요. 배는 연한 회갈색이고,
까만색 부리 끝에 노란색 띠가 있어요.

흥여새

18센티미터로 꼬리 끝은 붉은색이고
긴 머리깃을 가지고 있으며, 검은 눈선이
인상적인데 뒤로 가며 넓어져요.
황여새와 함께 무리를 이루기도 해요.

맹순 씨네 아파트에 온 새

초판 1쇄 발행일 2023년 7월 16일 | 초판 2쇄 발행일 2023년 9월 20일

글 박임자 | 그림 정맹순 | 감수 김성현

펴낸이 김소희 | 편집 김현숙, 차정민, 김진아 | 디자인 조은화

펴낸곳 피스북스 | 출판등록 2021년 3월 10일(제2021-000125호)

주소 03037 서울시 종로구 옥인3길 5-1(누상동)

전화 02-722-2016~7 | 홈페이지 www.ida-elcf.org | 전자우편 ida_elcf@naver.com

인스타그램 www.instagram.com/_peacebooks

ISBN 979-11-976657-1-4 03810